励志美文
LIZHI MEIWEN

芳草未歇

李丹崖 著

山东城市出版传媒集团·济南出版社

图书在版编目(CIP)数据

芳草未歇 / 李丹崖著. —济南:济南出版社,2020.9

ISBN 978-7-5488-4373-3

Ⅰ.①芳… Ⅱ.①李… Ⅲ.①散文集—中国—当代 Ⅳ.①I267

中国版本图书馆 CIP 数据核字(2020)第 105806 号

芳草未歇

李丹崖 著

出 版 人	崔 刚
责任编辑	李圣红　董慧慧
装帧设计	王园园
出版发行	济南出版社
地　　址	济南市二环南路 1 号
邮　　编	250002
印　　刷	济南鲁森印务有限公司
成品尺寸	148mm×210mm　32 开
印　　张	8.25
字　　数	162 千
印　　数	1—5000 册
版　　次	2020 年 9 月第 1 版
印　　次	2020 年 9 月第 1 次印刷
书　　号	ISBN 978-7-5488-4373-3
定　　价	39.00 元

(如有倒页、缺页、白页,请直接与出版社联系调换。联系电话:0531-86131736)

自 序

唤醒岁月深处的那阕清歌

我总是流连于故乡的一处又一处巷口。

我总觉得，在巷口的深处，藏着奇遇，或是偶尔会响起清歌。

长街短巷，是一种怎样的容器？沃野田畴，会是怎样一架古琴，装载旧时光里的人和事，也装载喜悦和乡愁。

人在岁月深处打拼，衣锦还乡的某个明媚的月夜，暗自与命运较劲的某个凌晨，曲折回环的某个秋日，白雪皑皑的某个冬日，最怀念的往往是旧时光里的某条巷子，故园深处的一朵暗自绽放的小花，或者是那个窗影前的人。

"来日绮窗前，寒梅著花未？"这是诗人满含乡愁的"问号"。

世界是空间化的，在家的人总想着向外走，东奔西突；有了成就的人，又反倒想着叶落归根。

人既是动物性的，也是植物性的。

每一寸故土里都藏着泥土馨香的梦。那片土地可以用泥土烧制砖瓦，建造宏伟的建筑，也可以挖掘长河，在岁月深处滔滔向前。然而，蓦然回首，人喜爱的还是故乡草木，那样鹅黄花朵的蒲公英，花朵里藏着漂泊与辉煌的诗歌。那样金灿灿的忘忧草，看上两眼，心境豁然开朗。其实，草木在田野上列队，昆虫也是在列队。草木的阵列，以一花绽放、一树葳蕤为单位；昆虫的阵列，则以一只发光的萤火虫为单位。对于坦荡的大地来说，草木和昆虫都是渺远大地上一个逗点。

人往前走，动物向前走，河流向前走，时光的车轮滚滚向前，向前走才能遇见不一样的奇迹。

岁月也正是在这样的兜兜转转里，在这样的曲曲折折里，遇见最美的远方和最初的自己。

出走，是对目光的历练。

在岁月的风浪里拼搏久了，耳聪目明，评人断事，见地自然也就不同。那些平日里看起来是羁绊，是"鬼打墙"的障碍，会逢山开路、遇水架桥。

但是，切莫忘了，我们别指望把一切都弄明白，看清楚，那样的生活好比没有了悬念，缺少了可以玩味、揣摩的乐趣。

总有一些巷口等待我们去遇见，总有一些芳草在故园的某个角落里等你。

芳草未歇，伊人未远，何其美妙的祝福，此刻，愿你我共享。

是为序。

李丹崖
2020年4月

目录 contents

第一辑　街巷光阴　/　1

胡同是通往我们心里的路　/　3

雪落在老街的怀里　/　6

残垣：另一种街区风景　/　9

打铜巷里的细密时光　/　11

老砖街的叩问　/　14

装在酒篓里的花子街　/　17

在咸宁街溜达　/　20

一生只爱一巷子　/　23

道德深藏两巷子　/　26

灯是古城不灭的眼睛　/　29

门牌：老街的腮红　/　32

养眼的老街 / 35

承德街前的桃花 / 38

老街慢 / 41

绿杨深巷马头斜 / 44

执手相看，时光如瓷 / 47

旧时，生活在老街是一件非常幸福的事情 / 49

第二辑　流年趣事 / 51

打陀螺：乡村最早的圆舞曲 / 53

弹子儿：童年的另一副瞳孔 / 56

"斗鸡" / 59

花米团 / 61

柳笛声声春来了 / 64

柳条串烧饼 / 67

烧红薯窑 / 69

摔"元宝" / 71

汤婆子 / 73

听大鼓书 / 75

雪天捉鸟 / 77

外甥打灯笼，照舅 / 79

闻香举竿啖槐花 / 81

扎风筝 / 83

粘知了 / 85

老冰棍儿 / 87

赊小鸡 / 89

第三辑 旧岁寻味 / 91

搬鱼 / 93

采莲蓬的女子 / 95

吹糖人儿 / 97

古代医生的那些道具 / 99

木匠 / 102

有一种篮子叫"气死猫" / 105

憩与棋 / 107

茄蒂,茄弟 / 109

烧一锅羊肉汤,慢煮北风 / 112

唢呐班子里的那些乐器 / 115

甜而有节谓之蔗 / 117

挑两篮柿子去赶集 / 120

喂牛 / 122

文房帖 / 125

下细粉 / 128

有一种大厨叫"焗长" / 131

"饱经风霜"的红薯叶 / 134

第四辑　碎念物语　/　137

端午，赠我一枝艾　/　139

瓜瓞绵绵　/　142

净水泼街待故人　/　144

客至炉上火　/　147

牌坊：故乡土地上高寿的身影　/　150

生活是温热的炉火　/　152

石板路是胡同读的书　/　155

时时醉薄荷　/　158

疏灯如倦眼　/　161

苔痕深一寸　/　164

蛙栖　/　167

瓦屋生凉　/　170

为一株曼陀罗平反　/　173

细雨舔桑叶　/　176

野花晚照，猫狗好友　/　179

有一种热爱叫"混迹尘中"　/　186

在老街深处打一眼井　/　189

中国乐器　/　191

第五辑　时光步履　/　199

陋巷里，折得一枝春　/　201

每一滴春雨都认真地落　/　204

白露纷纷落华盖　/　207

大暑忆儿时　/　210

心心念念的秋日　/　213

芒种记　/　215

一枕黑甜　/　218

晚风听暮蝉　/　221

乡村消夏录　/　224

你在花里，如花在风中　/　228

蒲棒峭立过立秋　/　230

秋天里的秋千　/　233

桑果糕香秋日迟　/　235

晒秋　/　238

霖雨秋冬诗意生　/　240

十月里的声响　/　242

霜降，是乡村敷了粉　/　244

雪一落，世界就是没有围墙的书房　/　247

一树梅花数升酒　/　249

冬天，想起草药　/　251

且煮明月待来年　/　253

第一辑

街巷光阴

胡同是通往我们心里的路

有人的地方就有城市，有城市的地方就有胡同，有胡同的地方总藏着很多故事。胡同是一座档案馆，光阴流走，有些故事终归带不走，留下的东西，还有胡同帮我们收藏着。

"胡同"这个词最早是这么写的——"衚衕"，意思很明了，不管月光多么古老，这里总有个人与我们同行。是的，胡同伫立处，一寸年华一寸芬芳。

胡同装载繁花，也装载一帧又一帧倩影。萧红曾在《呼兰河传》里写过一个名叫"黑瞎子胡同"的地方，据传是因巷口曾拴着一个黑瞎子而得名。这条胡同位于呼兰城的中心区域，其间老字号手工匠人、糕点铺子、书社、茶社、医馆……俨然一个灌满人间烟火的小社会，这是萧红最爱的去处。这样一条胡同，我们可以想象萧红曾穿着裙装穿梭其间，吃过一串冰糖葫芦，去某处医馆里买过药，甚至她还是某某书社的常客。"黑瞎子胡同"成为萧红及她这一代人心中难以磨灭的记忆。

胡同站立砖墙，也站立人的"背影"。鲁迅先生于1912年来到北京宣武门外南半截胡同之后，每日生活、工作、执教，忙碌于家、书馆、学校之间，一直幽居胡同14年，贵人关胡同、西单、宣武门一带、城隍庙街、石老娘胡同、前桃园、南草厂、半壁街、德胜门内、针尖胡同、达子庙等北京的100多条胡同都留下了他的身影。有位诗人说，如果酒到微醺，在这些胡同里晃荡，还能瞥见鲁迅的"身影"。

胡同生长青苔，也生长心事，但胡同里的人总能替你消解。1923年10月，郁达夫来北京大学任教，住在巡捕厅胡同的长兄家。其实，这时候的郁达夫是出来散心的，他接替陈启修教授统计学，不是他钟爱的文学，他只不过是想"转换转换空气，振作振作精神"。这时候的郁达夫，收入甚微，即便如此，还不忘提携文学新秀，他曾多次前往银闸胡同看望沈从文，还常常在微雨的午后与诗人冯至一起在小饭馆里小酌。"酒，实际并没有喝多少，可是他的兴致很高，他愤世嫉俗，谈古论今，吟诵他的旧作……"可以说，多少胡同深处都飘满了郁达夫的诗情。

"胡同"这个名字，听起来多好啊，犹如水滴落到青花瓷缸里，叮咚一声，幽深，似有水墨晕染而开。

许多地方的胡同，都是"一街一品"。譬如，我的故乡亳州的胡同，有"干鱼市胡同""铁果巷""白布大街""翠花巷""帽铺街"……每一条胡同里都承载着一代手工匠人的记忆。这样的胡同是一条分割线，似掌纹，有的关乎情感，有的关乎仕途，有的关乎生命。

有些胡同是传奇的发生地。若干年前，当我们听到陈升的那首《北京一夜》，感慨于那条名叫"百花深处"的胡同该有多美好，让陈升写出了这样耐人吟唱的音乐作品。

　　时光匆匆，没有一条胡同是空着的。老舍出生在北京的一条小胡同里，这里的经历和生活给了他很多的灵感。他儿时居住的胡同里，住的都是巡警、车夫、工匠等生活在社会最底层的人。因此，老舍对他们的生存状况和性格特点非常了解，为他日后的创作提供了丰富的生活素材。一条胡同里藏着许许多多故事，老舍从这里找到人生的追求。

　　胡同，是一条条通往我们心里的路。

雪落在老街的怀里

如果非要问我雪落在哪里最好看,我一定回答:"雪落在老街的怀里最好看。"

雪如信使一样,从天宇之上翩然落下,在灰色调的老街上,密密地织着一顶白色的毡帽。屋檐上刚开始还朗润潮湿,一会就落上了一层轻纱,继而是毡子,再后来,就成了一床厚实的棉被。

中国古建筑的砖砖瓦瓦,是要配上雪才好看的。青砖灰瓦中的"青",让我瞬间想到"青年"的"青",这个"青"其实是"黑"的意思,意思是青年人都是头发尚黑的人。那些在古代也许看起来灰头土脸的青砖,经历岁月的风刀霜剑之后,依然那样古拙儒雅,不改其色,像是一位老人。雪落在他的帽子上,有些"老顽童"的意思,雪给时光镀上了一层童真。

长石条铺成的路面,已经很少了,只有少数的街道还能找到几条。多年以后,原本有棱有角的长石条被磨得锃亮生辉,人们惊呼,其实长石条也是文物,也应该受到保护。所以,我们在很多景区的城门下，看到石条被罩上了一层玻璃罩。我能感觉到，在人们夸赞长石条的时候，那些新铺的路砖一定心里不高兴，暗暗讥笑那些长石条老得谢了顶，有什么值得骄傲的。大雪纷纷扬扬下了一夜之后，所有的争执都被瓦解了。在大雪的笼罩下，所有的路面都是白茫茫一片，分不清伯仲。

夜晚，从悠长的巷陌里走过，再窄的胡同，也不用担心看不到路。雪就是最好的路标，白色的，我们尽管踏上去；黑色的，则要小心，要么是被下水道的余温暖化了的窨井盖，要么就干脆是缺了井盖的井口。好在有雪，能让我们大胆地向前走，不惧夜的黑。

在老街深处兀自走着，鼻孔里不时飘来淡淡的香。谁家院墙里伸出来一枝梅花，像极了中国画里的意境，幽幽地吐着蕊，"遥知不是雪，为有暗香来"。在古诗词中，除了桂花，就只有梅花被以暗香来冠名了吧。这样的暗香，为沧桑的老街增添了几许喜气，这样的香，提神，醒脑，悦心。

雪夜里的万家灯火，是雪夜里的眼睛。我们走在老街上，远远地望见一两点亮光，那是给都市中的夜归人照亮回家的路。在乡下，"柴门闻犬吠，风雪夜归人"；在老街，只要风中的木门"吱呀"一声开了，一屋子的灯光就慌不择路地逃了出来，我们才知道，那家人的心安定了下来，要等的人回来了，饭菜飘香，一院子都有了融洽的味道。

雪夜真的很静，在老街上走，除了醉酒男子的醉意，能听到这个街道上所有的声响都是去功利化的：隔壁刘大爷在用老式收音机听二夹弦；打铜巷里的师傅在连夜赶制一只铜盆——一位顾客家的孩子明天生辰，必须要用铜盆来祈福，这单生意他不打算收钱，算是随个份子；谁家厨房里响起了锅碗瓢盆交响曲，正在给上晚自习回来的孩子准备温馨的晚餐；谁家的电视机忘了关，在播放着超长的口水剧……这些，只因雪落下来，夜静下来，我们才能听得真切。

　　雪密密匝匝地落在老街的怀里，雪是母亲，在拥抱老街；雪又是孩子，在老街的怀里撒娇要性子。百年如一日，老街不知道见证了多少雪景；万年如一日，雪不知道落在了多少老街，见证了多少人间烟火。

　　这可爱的夜色山河！

残垣：另一种街区风景

去过很多古老的街区，比如福州的三坊七巷、扬州的东关街、亳州的北关历史街区……大都是明清时期的，在街区之上，每走一段无一例外地能看到一两处断壁残垣，孤零零地站立在老街上。古街被修缮一新之后，大都做了旅游景点，依然繁华，唯有这样一两处断壁残垣，如标本一样立在那里，有的加了护栏，有的还给做上了玻璃罩。抛开它们是文物保护点的概念不谈，我想，它们的存在，是在记录一段光阴，储存一段时光。

不知怎的，这些断壁残垣我一点也不觉得它们破败，与新建筑或保存完好的旧建筑相比，它们像是满头白发的老人，已经步履蹒跚，站在那里看着子孙满堂，心里也是知足的；它们也像是驻守原地、等待羁旅的爱人归来的痴情汉子，就这样耐心地等下去。

我曾在三坊七巷看见一处名叫沽液境的遗迹，用玻璃罩着，伫立在繁华的街道上。这里原本是宋代一处奉祀神灵的庙，庙中有一眼井，曰"乌山之泉"，水质清洌，沁人心脾。后来，随着时光推移，旧庙日渐破败，唯留下一处山门的墙遗落在这里。近年来，在做三坊七巷改造的时候，文物保护专家建议原样封存于此，供游人观瞻。看到汩液境，尽管隔着玻璃罩，我总觉得嗓子眼处似有脉脉甘泉涌出，心旷神怡。

在扬州的东关街，我也曾见过一处书院，名曰"南街书屋"，走进去才发现，原来是一家装修非常精美的客栈。书院的石碑和匾额被原样留存，这样一种忠实的记录，让我们每每望见它们，总有一种时光倒流的感觉。我想，若在这样的客栈住一晚，梦里也许可以见到许多浪漫的传奇。

在我的故乡北关历史街区，也有许多类似的建筑，有的只留下一个民国时期的花窗，在老街修缮的时候也给原样保护下来，镶嵌在老街之上，似一块老坑玉，每一个由此路过的人都会驻足片刻。老实说，这样的断壁残垣比修缮一新的街道店铺还有吸引力。

谁说断壁残垣不是一种美？放眼全球，能够传世的建筑，它的寿命是多少年？仔细对照，多数也不过二三百年，再久了，要么毁于地质灾害，要么毁于兵燹，要么毁于建筑本身的寿命期限……因此，大凡留存下来的，哪怕只有一处院墙，一处地基，一片砖瓦，都应该看成是时光的馈赠。凋零也是一种美，这种美好像白发之于祖母，落叶之于秋天。

残垣是琥珀，是时光落在大地上的一滴眼泪，这眼泪包裹了光阴，也凝结了时光里的匆匆步伐，还有传奇。余秋雨说："没有白发的老者是遗憾的。"要我说，没有残垣的街区是苍白的。

断壁残垣，是打开老街时光机的另一把钥匙。

打铜巷里的细密时光

打铜巷,顾名思义,因经营手工打造铜器为主的一条巷子。明清时期,在亳州北关打铜巷内,工匠云集,往来客商络绎不绝,从这里走出去的铜器,经陆运、涡河航运远销全中国。

那时候,打铜巷的打铜声,细密如雨,叮叮当当,似老师傅对徒弟的叮咛。走进街巷,琳琅满目的铜器,给街巷镀上了一层古铜色的光辉,让整个巷子浑然一体,像刚从染缸里浸润出来一样。

若是在黄昏走进打铜巷,就更有感觉,夕阳如洗,满街一色,走进去,有一种恍若隔世的美。

1900年,也正是在这样一个黄昏,一阵马蹄声打碎了这条巷子的宁静,一队皇家模样的兵勇来到打铜巷,为首的指明要打铜匠人李师傅为他打造一面精细的铜盆。盆要简洁大方,大小只能像老街内的大月饼那么大,铜要紫铜。为首的那人是慈禧太后跟前的红人,姓姜,名桂题,人送绰号"姜老锅",刚刚统领禁卫军,这铜盆他要送给慈禧太后。

慈禧太后也不是自己用，偌大的皇宫，还差一只铜盆吗？原来，宫里有一位她最爱的妃子患了白癜风，白癜风的斑块长在脖子上，再不治疗可能会蔓延到脸上，为此这位妃子日日在慈禧太后面前哭泣。同为女人，脸面就是女人的命根子，慈禧太后命太医院的太医想尽了法子，但仍不奏效。

就在这时候，姜桂题在慈禧太后旁边美言，故乡亳州北关有一条打铜巷，打铜巷内千百年来一直延续手工打铜的传统；巷内有一位李师傅，他手工打造的紫铜盆有杀毒抗炎之功效，尤其对治疗白癜风功效极好，即便不会痊愈，也会压制病灶，让其不再蔓延。

姜桂题办事还算用心，他几乎是寸步不离地在打铜巷等着，看着李师傅把紫铜盆做好的。铜盆打好之后，已经月近中天，打铜巷内仍有作坊里传来叮叮当当的打铜声。姜桂题对随行的人说，铜这玩意儿，是个好东西，可塑性强，耐得住敲打，越敲打就越亮。眼前的中国，也就像一块铜，原本是一件精美的铜器，被这帮洋鬼子用洋枪洋炮给打烂了，真窝囊，但我相信，用不了多久，中国还会变成一件让全世界都眼红的铜器。

那晚，北关一片月，万户打铜声。姜桂题怀揣一只铜盆，来不及回家，一路飞驰向北而去。

历史的车轮掩不住打铜巷的光辉，如今，尽管百年光阴飞逝，打铜巷内仍有几户打铜匠人继承老辈人手艺，沿袭传统的手工打铜技艺。如今职业的抉择何其多，但他们仍坚守祖上传下来的打铜技艺，百年如一日，敲打着一件件精美的铜器。当然，也有许多人已经在传统技艺的基础上把铜器做成了产业，做成精美的餐具、铜版画、紫铜工艺品、文房、饰品、熏香制品等，远销海内外。

如今，到亳州旅游，手工打铜的作坊已经是游客的必去之处。游客们走进打铜巷内的打铜作坊，看着手艺人在忙活，他们也不打扰，就那么站着，什么话也不说，望着打铜匠人把手里的一块铜打造成一件餐具或工艺品，满意地买下来，挑几件送给亲戚朋友，然后满足地离开，心里装着的仍是刚才打铜匠人手艺的光辉和在打铜巷的细密时光。

老砖街的叩问

一条河的媚,或许倚重一座桥,桥有灵,河则妖娆。

一座城市的庄重,往往倚重一些砖瓦,砖瓦古意深沉,城市则厚待来客。

公元997年,宋真宗即位后,要求全国各州府"献瑞",他自知亳州是出了名的药都,便特意要一些灵芝来。帝王一声呼,亳州37000只灵芝悉数成了宋真宗的私藏。此后,宋真宗一直对亳州念念不忘,于公元1014年,终于莅临亳州,拜谒老子。他自涡河乘船而来,登岸时,看到东侧河岸上有一座砖石桥,青砖儒雅而敦厚,宋真宗甚为高兴,随即赐名为"灵津渡"。

时光蹁跹,到了乾隆年间,一场大雨导致涡河水位上涨,淹没了灵津渡古桥。迫于无奈,亳州人只得拆下灵津渡古桥,改建木桥,用灵津渡石桥上的老砖铺就了一条街道,名为:老砖街。

这些从灵津渡大桥上卸下来的老砖很大,有的重二三十斤,还有的刻有不同字样的文字。造桥的工人也许是一些外乡人,造一座桥需要他们长年累月地驻守异乡，他们就把对妻儿、故乡的思念刻在一块块老砖上，也把浓重的思念砌在灵津渡上，随着老砖搬运到古街道的大地上，不知多少双脚踏上去，带走浓浓的乡情。

默默老砖，烧制它们的土壤也来自亳州本土。同样是土壤，一种是散兵游勇，随风飘散，一种是历经烈火炙烤，故而，前者散漫，后者有型。散漫的用来培育作物，有型的用来承载时光的厚度。老砖街里的老砖们，像是穿越时光的老者，记载着涡河的清波，穿越千百年，至今走上去，依稀还有涡河水的湿润气息。街面上住着的人家，也许是借着老砖的气息，显得格外稳重敦厚。

晨练的时候，从花戏楼广场出来，我常常喜欢拐进老砖街去看看。街巷深处，已经开了门的小超市，供应着老街居民的日用品；时不时会听到几声吆喝，有卖麻叶子、焦馓子的小贩来这里兜售自己的手艺；也可能会在街角遇见一家餐馆，卖锅盔、牛肉馍之类的吃食，供人们逛饿了，来这儿品尝街巷美味。

也有一些酒坊，前店后坊，全是手工作坊，自酿的美酒，这些烧酒的师傅是老街最后的匠人。亳州是酒乡，自从东汉末年曹操把家乡的九酝春酒献给汉献帝，至今已过千余载。

酒是陈的香，老街古建也是陈的香。老砖街就这样伏在城市的版图上，用业已斑驳的砖瓦，记录着来自宋朝时期的商业市井气息。在老砖街上，趴在一块老砖上叩一叩，似乎可以听到当年顺河街上市井的喧嚣，说不定此块老砖被当作桥栏来用，被一位站在桥上的贤淑女子摩挲着，远眺良人；也说不定哪天这块老砖被一位莽夫用来磨他钝了的砍柴刀……

老砖，老砖，好似它的名字，"砖"可不就是"铁石心肠"与"无限专一"的结合体吗？穿越历史荒烟蔓草的老砖街，被亳州历史文化的雨幕洗刷得历久弥新，如今依然呈现出它昨日的光亮来！

装在酒篓里的花子街

多年前的某个夜晚,故乡亳州的大花子街与小花子街月华如水,灯火通明,巷陌深处的人家就着月光和灯光,有条不紊地忙碌着,或做纸花,或装裱字画,或糊油篓。一家老小,各忙各的,今天你做了多少纸花,他糊了多少酒篓,共同协作装裱了多少字画,都码在院落或屋里,劳动成果带给人的是何其充盈的喜悦与成就感!

旧时的亳州,大小花子街的院墙何其敦厚,家庭作坊的生产效率何其高。院落似一位老者,敞开怀拥抱一家人的生活;院落的臂弯里,不闻鼾声,唯闻桑皮纸沙沙作响。

这些来自古徽州的桑皮纸,浸润着时光的阅历,天生一张淡黄色的"脸",因其纤维度高,柔软耐磨,还能防虫蛀,不仅可以用来写字,也可以用来糊酒篓。旧时生活在这里的人们的性格像极了桑皮纸,踏实守旧。装酒的容器,也十分古拙。酒篓是用藤条编的外壳,里面是血料容器。什么是血料容器?怎么做的呢?这些,在大小花子街生活过的人们，至今还能帮你作答。

先用柳条或竹篾扎筐子，成酒篓状。用桑皮纸糊在筐子上，再用猪血融合石灰等物涂抹在酒篓内外，一层桑皮纸，一层刷血料，直到酒篓的壁足够厚实了，晾干后，酒篓就算做成了。这样的古法制篓，至今还在很多地区沿用。据说，用这种酒篓储存的高度酒，经年陈香，远胜玻璃陶器等诸多容器。

是不是很神奇？我曾在大花子街中走访一位老人，他至今还能熟练掌握糊酒篓和酒海（大一些的酒篓）的技巧，全因幼年那段手工作坊的岁月所赐。老人兴致勃勃地谈及当年月下糊酒篓的时光，眼神里似乎闪烁着当年的月光。我第一次发觉，有些岁月，也可以让人如数家珍。

翻阅《全唐诗》，诗人白居易写过一首名为《就花枝》的诗，有这样一句："就花枝，移酒海，今朝不醉明朝悔。"我这样想着，白居易盛酒所用的酒海是不是产自故乡亳州的大花子街呢？这事也说不准。据传，欧阳修在亳州任知州的时候，就特别喜欢这里的酒篓，他曾自称"醉翁"，自从用了亳州的酒篓盛放九酝春酒之后，便飘然若仙，就改称"仙翁"了。于是，亳州也就有了"仙乡"的美誉。一片"仙乡"，多少也沾了酒篓的光，或许那时候的酒篓还不产自大小花子街，但不排除后来在花子街生活的那些匠人，他们的先辈曾为欧阳修做过酒篓。

谯郡（今亳州谯城区）自古就是华夏酒城，哪能少得了酒篓的存在？酒篓能装得下多少陈年美酒，就能装得下多少街巷风华。如今，大花子街与小花子街似一对姐妹花，安静地坐落在明清老街的深处。为了铭记一段时光，它们依然待字闺中，坚守着一段难忘的人间烟火。

一张桑皮纸，两条嫩柳枝，三两猪血泥，四合小院里几口人共同忙碌着，忘了时光，忘了洪济桥的更声响了几下，只记得累了，吹灭了油灯，桑皮纸窗子是那样的明亮，不知是月光好还是晨光亮了。

在咸宁街溜达

如果说小巷是城市的掌纹,道路和房屋共同组成一个城市的事业线、生命线,那么,古建筑就是城市的痣。据说,女人美不美,美人痣是衡量标准之一;城市历史悠久不悠久,古建筑的年龄和数量是主要考量的方面。

亳州是一座拥有3700年历史的城市,如果说,让我在这座城市里选一条最喜爱的街道,我会脱口而出:咸宁街。

为什么是咸宁街?答案很简单,咸宁街满足了一个人全部的幸福感。

河流是一座城市的幸运。咸宁街是一条枕水而卧的街道,母亲河涡河淙淙流淌千年,老子在这里悟道,庄子在这里梦蝶,曹操在这里饮马,华佗在这里炼丹,欧阳修在这里吟诗作对……至今,站在咸宁街北望,涡河的波涛里依稀有穿越千年的文脉驾着水汽升腾而来。

会馆是一座城市的温度。明清时期的亳州,之所以如此热闹,除了本地人勤奋经营，也离不开外地商贾的往来。生意人客居他乡，都要搞个"老乡会"，于是就有了会馆。咸宁街的西端，有一座国家 AAAA 级景区花戏楼，它的前身就是山陕会馆。会馆也有依照行业分的，比如同为咸宁街两旁的粮坊会馆、糖业会馆，皆以经营行业的不同而设立。可以想见，当年，涡河里樯橹云集，会馆里茶香四溢，古戏台上演古劝今，何其热闹！城市，被南来北往的人打磨得有了可贵的包浆。

石板路是一座城市的鞋垫。一个人能行多远，除了体力，还要看鞋子。鞋子舒不舒服只有自己知道，鞋垫也知道。咸宁街的石板路好生厚实，一块条石千钧重，承载着一代又一代的亳州人、一茬又一茬的游客满满的回忆。

屋舍是一座城市的代言人。城市好不好，自己不用说话，宣传与广告语也都被人为添加了太多的东西，唯有俨然的屋舍，静默地立在那里，古朴的门锁立在那里，院落里的古槐和墙头上的仙人掌生长在那里，什么都不用说，我们就懂了。糖业会馆门外的墙上，有许多锈迹斑斑的铁环被钉在墙体里，这让人费解，为什么墙上要钉上铁环。后经考证才发现，那铁环是拴马环。旧时，生意人多骑着高头大马来谈生意，好比现在开车外出需要停车场，马也需要拴马环。如今，马已经被车取代，唯有寂寞的拴马环驻守原地，记录着这条街道曾经的辉煌。

人是一座城市流动的建筑。言为心声，语言，也代表着一座城市的格局和风度。咸宁街，也许是沾染了名字的彩头，这里住着的多是长寿老人，咸宁咸宁，举家安宁得像一朵莲花，淡然地开在城市的深处，多吉祥的祝福呀！旅居多年归来，一抬头就望见了咸宁街的街牌，一下子就被"咸宁"击中，扑面而来的全是温馨祥和的气息，你被包围了，也被俘虏了，心悦诚服地住下来，一代又一代，再也不想离开。

在咸宁街溜达，会遇见风景名胜，它可以品尝到沁人心脾的茶香，可以到旁边的小店面里买一些有趣的泥塑和根雕，时光匆匆，一抬头，月亮出来了，天空也用这样皎洁的目光俯瞰着我们脚下的这条街道。

咸宁街，一切皆咸宁。

一生只爱一巷子

一个人，一生绕不开要与一条巷子厮磨。

厮磨，是一个多好的词，有淡淡的闲情、悠悠的意趣在里面。快马加鞭不是厮磨，日夜兼程不是厮磨，连滚带爬更不是厮磨。厮磨是一个人，慢腾腾地过自己的小日子，安安稳稳地忙自己的营生，波澜不惊地买菜、烧饭、上班、下班、携老将雏。

一条巷子，深幽得像一眼井，多好呀！它可以藏得下一个人多少往事，多少记忆，多少年华，多少心结。在我所居住的古城亳州，有一片明清老街，老街深处有一奇景，曰：八步六条街。意为，在老街深处，走八步，就能与六条街道迎面相逢。

哪六条街呢？——白布大街和帽铺街相接，由此，向西是爬子巷，向东是炭场街。四街相交处，西北角有一家铺子名曰"水门街"，水门街西侧向北是德振街。这就是"八步六条街"的奇景，也是外地游客来亳州的必去街巷。

有人说，爱上了一座城市，是因为爱上了这座城市里的人。其实,这话说得有些绝对,也包括爱上这座城市里的一条街。

白布大街里的酱菜何其出名?帽铺街的衣帽何其摩登?爬子巷里的孝爱文化何其浓郁?炭场街里的木炭何其炽热?德振街里的风俗,依然如春风化雨,滋润一代代老街人的心田。

一条街,总有一连串说不尽的往事。一条街,总有几个让人铭记的人物。

"街"这个字造得多有意思呀!行走的"行"字,中间被放上了两个"土"。其中,一个"土"代表小路,另一个"土"代表房屋,这些都和人相关。人生于斯长于斯,在土地上扎根,在土地上成长,也借由一方土屋,读书治学,结婚生子,成就事业。

最早的街巷,也是由土堆成。人孔武有力,也细腻温情,不仅修建街道,也在修建人心灵深处的街道。在心灵的街道里,有的人光明,有的人暗仄,有的人直来直去,有的人曲径通幽,性格不同,内心的街道走向也有所分别。

在德振街卖茶叶蛋的老王,每天挣不了几个钱,平日里他抠得出名。多年以后,老王作古,有人从他的衣柜里发现多笔寄往偏远乡村小学的汇款凭证。老王一生不曾结婚,他把自己最无私的爱,都给了偏远乡村的孩童。

在水门街说书的老周,是个直肠子,有游客走到他的门前,他总会一遍又一遍不厌其烦地讲述水门街的由来和此地风俗,他俨然是个编外的导游。

在帽铺街摆棋摊儿的老徐,是个老经纪人,一辈子,他帮人卖过牛，帮人说过媒，帮人卖过屋，一律不收中介费。他最爱吃老街深处的糕点，生意成了，给他买上两包果子即可。

……

还有太多的人，他们是老街的主角，也是老街的魂。老街的风韵之所以依然存在，全靠了他们一张嘴、一双手，言传身教，身体力行。

也许他们一生都不曾走出这座城市，全因这条街巷里，有一种幽幽的磁力在吸附着他们的心灵，让他们无论何时都怀揣着一颗火种，只为照亮自己脚下的土地。

我有时候想，若可以，一辈子只与一条街巷厮磨，一生只爱一巷子，就像一辈子只爱一个人，这就够了。大隐隐于市，大爱醉于一人心嘛。

道德深藏两巷子

毛不易在一首歌里唱道:"行李箱装不下我想去的远方。"我想说,那不如回到故乡,去长的街短的巷逛一逛,释放我们压抑太久的情绪。

每当我伏案写作思路卡壳的时候,便喜欢到故乡亳州北关老街里走一走,那里有两条巷子,如酵母一样,每一次都能激发我对文字和构思的想象。

一条是德振街。《周易·蛊》有云:"君子以振民育德。"这条街巷的命名与它有关系吗?问了民俗专家,曰:德淳化俗。果然是一个意思,积善成德、淳化乡风。这样一条巷子,走进去让人肃然起敬。德振街好似一根扁担,它一头连着的巷子是"干鱼市",顾名思义,卖干货的市场极尽人间烟火。这根扁担另一头挑起的是爬子巷。爬子巷有两种寓意:一是不能直立行走的残疾儿子为双目失明的母亲爬行行乞,以养母亲;二是它原本叫"笆子巷",即卖笆子的地方。我还是宁愿相信前者,孝感天地的一条街多好。如此,德振街才真有了些德振街的意思。担浮生，以振德，这是一条街的使命感，更是一座城市对道德与教化的膜拜！

另一条是纯化街。这条街原本叫"淳化街"，是一条典型的清代街巷，因同治帝名爱新觉罗·载淳，为避其名讳，故而改名字为"纯化街"。这条街的命名也很有意思，老辈人都说是"俗美化淳"的寓意，应该是取自《南史·宋纪上·武帝》里的句子："淳风美化，盈塞区宇。"纯化街东起干鱼市，西至南京巷，很奇怪的是，它也和干鱼市有直接的联系。

我做了一个大胆的揣测，干鱼市这样的场所，三教九流、各色人等都曾在这里出没。刘向在《说苑·杂言》里说："与善人居，如入兰芷之室，久而不闻其香，则与之化矣。与恶人居，如入鲍鱼之肆，久而不闻其臭，亦与之化矣。"如此来看，祖辈人是怕我们被市井气息和功利心染扰，故而用两条街——德振街和纯化街来警醒世人，教人心地纯净，春风化雨。

如今，以干鱼市为起点，德振街和纯化街好似一把折扇。千百年来，这把折扇收藏着英雄的骨血，收藏着萍踪侠影，也收藏着平平淡淡的小日子。这样一片区域，常常有蜂拥而至的外地游客，也常常有三三两两背着书包的学子，也有艺术家在此写生，驻足冥思。

气候宜人的皖北重镇亳州，这里气候四季分明。依靠着亳州母亲河涡河而建的北关老街，如孩子一样躺在涡河的臂弯里，人们在此繁衍生息，在此经营药材生意，在此引车卖浆，在此教书育人。

因有了这两条街巷，北关老街才陡增了它的价值取向和人文深度。

有时候，站在高处打量整个老街，始终觉得烟火日常只是它的底色，街巷之间流动的历史、传奇以及一石一物、一草一木所承载的人文意义才是它真正的灵魂。

看似寻常巷陌，竟然一头连着《周易》，一头连着《南史》，真可谓："一街两巷三省吾身，五味日常道德深藏。"

灯是古城不灭的眼睛

一座城市或一片街区是有两面性的,白日是男性的,晚上则是女性的。

或者说,一座城市有两种打开方式,白天的打开方式是吆喝声,晚上的打开方式是灯盏的通红。

春节期间,在故乡亳州的北关老街闲逛,掌灯时分,走进街巷之间。夜晚的古城静若处子,躺在城市的怀里。在外面劳碌了一天的人们回到家里来,掌灯,烧饭,万家灯火里,多少人间烟火气息,这就是生气。一簇灯火,就是一种召唤,静待家庭里的其他都市夜归人。

夜深时分,一条街,一个巷口,其实都是一个敞开的怀抱,亮灯的街巷是笑容可掬的老者,让人愿意亲近;黑灯瞎火的街巷是面目森然的莽夫,让人敬而远之。

夜的大幕徐徐拉开,古城静静地等待着。而灯光,无疑是古城的一双双眼睛,可亲,可信,可爱。有时候,灯光也意味着向心力,人都喜欢迎着光走,走进光明,走进希望,走向愉悦。

灯光之于老街,也是一种磁场。一条老街的人气,除了靠人间烟火气息,还有灯光,一盏又一盏的灯亮起来。灯光借由人的眼睛,把人的心房也照得亮堂起来。光给人的躯体和心灵都注入了一种力量,这力量,让人一往无前。

灯火是一座古城别样的打开方式。一座古城晚上的灯光如果营造得好,古城就如人一样明眸善睐,和蔼可亲,令人神往。

对于一座古城来说,灯笼是必不可少的装饰品,好比美人之于耳坠。故乡有句俚语叫"千打扮,万打扮,不戴滴流不好看",这个"滴流"就指的是耳坠。那么,对于一座古城亦是如此,没有了灯笼的装扮,就如一个人素颜示人,有一种素面朝天的美,却总没有略施粉黛显得对人尊重。

故乡的城市,有一片老街,名曰"北关",它的每一条街巷的路牌都是可以发光的。每一面路牌都是一把火炬,给人带来希望。对于一条街道来说,路牌所带来的光亮不仅是亮化和美化,它们有时候甚至可供羁旅之人找到心灵的皈依。

巴金说:"几盏灯甚或一盏灯的微光固然不能照彻黑暗,可是它也会给寒夜里一些不眠的人带来一点勇气,一点温暖。"是的,在功利化日益加剧,亲昵和温暖日益宝贵的今天,有太多的人需要一丝丝温暖来制造感动,发现美好,承载希望。

女儿在小的时候,总要求我们在房间里亮着一盏床头灯,小孩子总是畏惧黑暗。其实,成人又何尝不是如此?黑漆漆的胡同,无形之中会给人带来一种恐惧感。走着走着，容易让人后脊梁冒汗。巷口哪怕是夜市馄饨摊的一点灯光，就能如启明星一样，带给人不断向前的动力。

所以说，一座城市，有多少亮着的灯光，就有多少不眠的灵魂，就有多少夜以继日的奋斗，就有多少宵衣旰食的勤勉，就有多少思维活跃的创造，就有多少蓝色的梦幻与神秘。

灯是古城不灭的眼睛。

门牌：老街的腮红

老态，是老街的韵味。磨得发亮的石板路，长草的屋檐，十几年如一日的燕子窝，那些在街巷中穿梭的老人家，光阴不改。还有那静静地贴在门楣之上的门牌，用一串数字记录老街的每一寸芳华，岁月愈久，味道愈浓。

故乡亳州北关老街上的门牌很有特色，这里毗邻涡河，依托漕运文化建设的街道各有千秋。

羊市街的门牌是一只傲立于世的公羊头像，脚下踩着门牌号，洋洋自得，三阳开泰，一条小巷承载着怎样美妙的光景，一户人家浓缩着怎样的喜庆？

白布大街的门牌号是一匹翻开的白布，素到不能再素的底色，可以书写最新最美妙的图画，住在这条街巷里的人家该有着怎样的开拓精神？

南京巷的门牌是一枚铜钱。南京巷旧时是银行一条街，用铜钱做门牌，外圆内方中阐释着中国人古老的处世哲学。铜钱代表着财富，在这条街巷中生活的人们该有着怎样的富庶？

爬子巷的门牌是一位伏在地上的孝子。传说这里曾经有一位下肢瘫痪的孝子，每天爬着出去，用乞讨得来的钱来养活双目失明的母亲。后来，这条街巷的门牌号前都有一个伏在地上的人，仔细看，也像是一副铮铮而立的骨架。在这条街巷中生活的人，该有着怎样的美德？

兴隆巷的门牌号是由四只如意围拢而成，做生意的可不就图个四时如意、八方来财嘛。所以，在每两个如意的交汇处都有一枚孔方兄，一条街道凝结着对整个街区的祝福，这片街区该有着怎样的繁荣和兴盛？

如果把老街比作是一件衣服的话，门牌是它的徽章，它记录着老街的阅历，也诠释着老街的功勋，甚至透过它，可以联想到街巷的命名渊源。从街中人的性情和街巷的商业功能，我们也可以看出一座城市的精神文明和经济发达程度。

门牌，是乡愁的皈依。人在街区内生活，在门牌后度日，娶妻生子，或蚕桑，或织布，或行商坐贾，或引车卖浆，或书香门第，或光荣家庭，或慈善之家……人在门牌后面的家里如果生活得厌烦了，就有了走出去的冲动。一旦久居异乡，每每念及故乡，回忆就会沿着国道、省道、县道、胡同直抵老家门前，抬眼望去，第一时间映入眼帘的就是老街的门牌号，如一把锋利的小刀，剜得人心疼。

没有名称的街巷是肤浅的，缺少历史；没有门牌的人家是单调的，好比女人出门没有化妆。

门牌，是老街的腮红。多少年来，它一直装扮着老街的妩媚。也许久居老街的人容易忽略它，而对于不经意间走进老街的游客来说，门牌就是导引系统，是一座建设在门楣上的博物馆，每一条街巷的名字都值得玩味，每一串数字都值得推敲。

时光或许在以门牌的形式打出一张张纸牌，我们不知道下一个机遇和挑战各是什么，门牌背后的主人、家庭和故事，总会留给我们无尽遐想。

养眼的老街

"养眼"这个词是谁发明的,真是太伟大了。眼睛是需要养的,看书涵养知识,看花涵养心性,看天空涵养志气。人在居室里待久了,对窗外的局势就不太明了,会狭隘,会偏执,甚至心情黯淡。

养眼的东西也需要遴选,花朵看多了会眼花缭乱,书看多了容易掉书袋,还是到老街巷中走走为好。青砖斑驳,琉璃闪耀,听听街巷中的老者磨刀霍霍,看看墙垣上的青苔绿意盈盈,看看巷子幽深,像老者的眼眸,看不到最后一缕亮光在哪里消没。

到老街去瞧瞧青砖黛瓦。最好有雨,眼前的雨滴汇成珠帘,从屋瓦上洒下来,成为一个个叮咚的泉眼;连绵的雨天会让潮湿漫漶砖瓦,那是老街最自然的山水画。青苔,在墙与屋瓦上稍纵即逝的姻缘——砖瓦一潮湿,就会生苔藓;人心一湿润,就会生美好情愫,缘分就是在人心灵的笔头饱蘸笔墨之后,遇见了一卷徽宣。

到老街去看看石板路。油亮油亮的石板,驮载过多少双脚板走向他们人生的纷繁际遇?青石板以其坚韧的眼眸见证了多少次老街的变迁和人尽离散？老街中心的路，说是供人来走，不如说是驮着老街上建筑的边边角角，隐忍不语，浸润了多少岁月的甘霖，胸中就堆起多少宽广的丘壑。

到老街去瞅瞅来来往往的人。寻常巷陌里的居户，在老街深处消磨着自己的日常，栽花种草，写字画画，遛鸟抽烟，或是早出晚归，忙着自己的营生。当然，还有一类人，他们是老街之上穿梭的观光客，看到眼里的风景，成就心底的彩虹；老街是养分，吸纳之后，他们赶往下一个美味的能量场，老街成了他们生命印迹中特别的一笔。

没有一两条老街的城市，它一定是胆怯的，不好意思在人前谈历史，不好意思在人前说人文。万丈高楼平地起的城市多的是，好比一夜之间成就的暴发户，哪里懂得风雅何来？好比吃包子就大蒜，胡吃海塞，不若吃水晶汤包用吸管优雅地吸食，细嚼慢咽。

在时光深处，老街驮载着旧时光的印迹款款而来，也把旧时风物、人文传说、风俗习惯一并延续继承。我的故乡亳州，也拥有一座面积达一平方公里的明清老城。我喜欢到这样的街巷中去走走，白布大街、打铜巷、小花子街、帽铺街……一街一品，在这样的街道慢慢穿行，似乎街巷之间游走的微风里仍有当年情、当年事，甚至是当年的吆喝声，透过青石板，叮当作响。

常去老街走走，不仅可以卸载心事，放空心思，街巷之间的风物也颇为养眼。眼睛是心灵的窗户，老街风光似乎总能给心灵补钙。我有一位文友，在失意落魄时曾来找我谈心，我没有用心灵鸡汤灌溉他，而是在风清月白的夜里领他到老街巷走走，顺带吃了一遭茶。

后来，他"激活"了自己，重新振作，再上征程，赢得了全新的天地。他说，时隔多年，他仍记得那年的月光，那街巷之中看到的花朵，还有在门槛上抽着水烟的老者。后来，他画了一幅画给我，画上附了一首打油诗，很有禅意：不如老街看花，遍地牵牛丝瓜，青砖斑驳生苔，水烟一袋天涯……

承德街前的桃花

承德街，与河北省承德市没有关系，而是安徽省亳州市北关的一条老街。河北省的承德市是清雍正年间才取的城市名称，而亳州的北关在商代就有街巷萌芽，唐宋时期街巷已经相当丰满，故而，两者并无关联。

承德，寓意继承大德、承接德泽。古时，亳州为道家鼻祖老子的出生地和主要活动区域，《道德经》是老子的经典著作，故而取此街名，让后世亳州人铭记先贤思想，承受先祖德泽，成贤德之才。

街巷寄寓着人们对先贤的缅怀和追慕，历经千百年不改。居住在承德街的人们一直过着安逸的日子，他们在街巷前用陶缸种植桃花，桃花开得灿烂；街巷内的阳光正好，他们把被子搭在窗前来晒，然后站在门外抄着手，懒洋洋地负日之暄。

这是当下难得的宁静与安逸。

1925年10月，当承德街的居民忙着准备年货迎接新春的时候，臭名昭著的"东陵大盗"孙殿英带领一帮匪众攻进亳州北关。当时，北关只有城墙土圩，哪里经得起土匪的枪炮攻击。孙殿英攻破北关以后，烧杀抢掠，无恶不作，当时的北关火光冲天，承德街就毁于这次匪患。

据《画说老亳州》一书记载，当时，一同烧毁的还有李鸿章的儿子李经熹在街头开的一家典当行——仁和典当。李鸿章的家族钱庄被誉为"江淮第一当铺"，在周边千余公里享有盛名。当承德街顷刻之间毁于一旦的时候，很多人逃命而去，待匪患退去，人们带着感伤回到故地，只见家园狼藉，仅留残砖破瓦，在烟熏火燎的气息中，一片焦黑。

后来，人们重建了这条街道，为了时刻不忘孙殿英祸害亳州之耻，就把这条街道更名为"新街"，一直叫到现在。当时被烧毁的李鸿章那家典当行，改成了茶楼，生意一直很好，不亚于当时的黄淮明楼——大观楼。

我曾问过许多在老街生活的老人，为什么很长一段时间内承德街上种的都是桃花。

答曰：一层意思是花开平安富贵，另一层意思是让灾祸"逃之夭夭"。其实，栽种桃树下面的陶缸也取"逃"的谐音。由此可见，街巷内的人是何其爱好和平，期待安宁平和的日子。

尽管现在承德街已经更名为"新街"，但是，我还是喜欢称它为"承德街"，总感觉这样的名字才配得上它曾经古拙的身份。如果有可能，建议有机会还是要改回它原来的名字为好，让历史给我们贮存的那段档案就此续接。

又至阳春，承德街的桃花该开了，粉面的桃花向暖而生，静美俏丽。如果有可能，我们不妨在某个午后去逛逛，在回溯一段旧时光的同时，开启岁月新的一页。

老街慢

我一直喜欢写老街，很多人都喊我是"老街控"。是的，做一名"老街控"有什么不好？

我怀念老街里与众不同的时光印记。明清建筑的商铺，前店后坊，是店亦是家，这种家庭手工作坊的延续，是一种手艺的传承，也是匠人精神的再现。偶尔，还可以见到几座民国印记的会馆，走进这样的建筑里，宛如穿越在不同的时光廊道里，悠闲自得地漫步。时光在我们的目光里，像是唱片机，想赏阅哪段就把磁针放到哪段。

我怀念老街里的隐喻而不直白。比如，一条名叫姜麻市的小巷，乍一看，总以为是卖姜和卖麻的专业市场，仔细向老辈人打探方知，原来这里和生姜、麻绳没有任何关系。旧时，老街里的人生活滋润，吃过了午饭，泡个澡，然后就去姜麻市打麻将，姜麻原来是麻将颠倒过来的隐晦称呼。

我喜欢老街各种古老的生活方式。老街中至今保留着诸如活字印刷厂、大碗茶、戏院、老式浴池之类的东西。在活字印刷厂里，印两张属于自己店面的海报，一股墨香带给你浓浓的年代感；在老茶馆喝上一碗盖碗茶，淡淡的茉莉花的清香沁人心脾；在大戏院听一段二夹弦，这些稀有的小剧种在时光深处散发着独特的魅力；在老式浴池里找一位搓澡的师傅来一次按摩，老方式总能给人一种熨帖的舒适感。

斑驳的砖瓦也许很多年都没有修了，这种在岁月风刀霜剑里慢慢剥落的砖瓦恰恰是老街应有的味道；尘封多年的老邮局，虽然已多年没有人前来邮寄信函，但绿色的邮筒里却曾经装满了多少颗心灵的浓浓期盼；货运老码头，原来人们都喊它江沓子，其实原本就是一条河，被人喊出了大江大海的气象，货运改旅游观光，有着一种旧貌换新颜的美。

从前的老街，街道并不宽。张家卖烧饼，李家卖米线，隔着一条街道，可以互相落座，你的顾客也就是我的顾客，你的生意也就是我的生意，同行不是冤家，在老街，我们称之为"芳邻"。

从前的老街，建筑并不高。一层店面的招幌，二层店面的窗户横撑，蹦起来都能够得着，矮矮的建筑，谁也遮不住谁的阳光，谁也挡不住谁的天际线，风吹进来，雨淋进来，感受地地道道的人间烟火，这是名副其实的雨露均沾。

从前的老街，甚至连个空调也没有。要什么空调呢？青砖灰瓦的建筑，墙体足够厚，门窗足够宽，房梁足够高，一切都是原生态，老街里的房屋是天然的恒温体，冬暖夏凉，远胜过钢筋水泥丛林的密不透风。

老街慢，慢是一种格调。这好似慢品一杯咖啡，慢赏一朵花开，慢移一棹兰桨。

老街慢，慢是一种智慧。慢慢琢磨每一只门环上的瑞兽图案，以知年份；慢慢摩挲每一块砖瓦上的青苔，以知季候；慢慢仰望屋脊上的每一朵祥云，以懂闲适。

老街慢，慢是一种情怀。如今，快的东西太多了，飞机、电话、微信……但总觉得少了几多含蓄，少了几许隽永，少了几重引而不发的玩味。

绿杨深巷马头斜

风真的暖了,走在巷子里,一股一股的风,像暖流,吹在人的脸上,有一缕淡淡的花香。古人说,春如线,果真如此。

巷口的树木已经变得葱绿,斑驳的老墙上的野草也开始疯长,在微风里,摇曳身姿,在高处兜售自己的漂亮。这样的情境,让人想起杜牧的《闲题》:"男儿所在即为家,百镒黄金一朵花。借问春风何处好,绿杨深巷马头斜。"

春风何处好?又有哪里不好呢,春风过境,美的何止是马头斜?古人就是含蓄,面对春风里的好光景,明明是自己不舍得走得太快,一而再,再而三地勒住马缰,偏偏只撂下"马头斜"三个字,把人对风景的眷恋写得如此传神。

我一直觉得,唯有巷子里的春天,才是真正的春天。

田野里的春天未免张扬了点,铺天盖地的春色,绿得汪洋恣肆,好像一个长相俏丽的姑娘大大咧咧,不懂得含蓄。巷子里的春天就优雅多了,巷口的一棵树,让我们走在巷子里,有一种"管中窥豹"的美；冷不丁地一株桃花伸出墙外，在青砖灰瓦的映衬下，妖艳得让人灵魂出窍。

走向老街深处的巷子里，念着"绿杨深巷，人倚朱门，不是寻常模样"这样的句子，体会这样诗意的画面，总觉得应该有一位邻家女孩一样的姑娘，在门前轻叩门环，听到身后有脚步声走过，慢慢地转身，那头瀑布一样的秀发，甩到了门环上，发丝与门环擦出银质的声响。

春，也是需要载体的。人和春来早，巷子里的人间烟火，让整个春天都有了归属感。不管是盆景里的枝叶婆娑，还是院子里小菜园的新葱嫩嫩；不管是青砖上的绿苔绒绒，还是瓦片上能摸到天空的草尖尖，都有一种和暖的美。这种美，不似雕塑品带给我们的冷冰冰的感觉，而是充满生机和生命张力。

我还是喜欢到老街中去散步，青砖灰瓦的历史感和沧桑感，让人感到熨帖，而不是高楼林立的压抑和恐慌。巷子，好似一节火车，人穿行其中，移步换景，不一样的春色山河装进眼睛和心胸。

巷子里的静，是外面汹涌的人潮所没有的。忘了去什么地方，记得那里有个胡同名叫"听针胡同"，胡同里种了一棵百年松树，一颗颗松针掉在青石板上，可以听到松针亲吻石板的声响，这得多静谧呀！走在这样的巷陌里，连咳嗽都不敢，生怕惊扰了谁家的春梦。

风簌簌地吹进院子里高高的杨树上，杨树的叶子，哗啦啦作响。杨树叶好似铜钱，有喜感，也有招财的意思，所以，很多人愿意种杨树在房前。诗人说，愿借天风吹得远，家家门巷尽成春。这样的春风，这样的想法，是一种多么博爱的情怀！春风沉醉，怎能不让人不停车揽辔，或者是倚马来看呢？

执手相看，时光如瓷

故乡有一条老街，名曰：新民街。

单听这个名字，寡淡如泡过三巡的茶叶水，没有任何味道。但若是说起它的曾用名，你就惊叹侧目了：天棚磁器街。

瓷器，原来也有人写作"磁器"，比如重庆等地的磁器口。在磁器街前面加了一个"天棚"，格局立马就大了。

以天为棚，以地为案，把原本简陋的瓷器交易市场衬托得雅之又雅。

露天的瓷器街，原本是用来交易瓷碗、瓷盆、瓷瓶的一般瓷器市场。可以想见，一定是既有关乎吃食类的青花瓷餐具，也有一定审美情趣的瓷瓶文玩。一条街，既照顾到了口腹之欲，又照顾到了心灵之痒，实属不易。

也许你从这条街买的瓷器并不那么精美，甚至有一些瓷器的釉挂得也不那么均匀，瓷胎上或许还有一些小颗粒，但是，这又有什么关系呢？只要手边用的是瓷器，心底就能升起天青色的云霭。数千年以来，君子多以瓷来自比，"瓷白如雪，不容瑕疵"，清清白白，这是一个人的精神追求，也是一个人的心灵寄托。

走在天棚磁器街，天青色的一抹色泽勾勒在这样一捆那样一堆的瓷器上，天色真好，卖瓷器的人家养了一两只多嘴的鹦鹉，看到瓷瓶上也有一只，叽叽喳喳地叫着，似乎要把瓷瓶上的那只唤醒。

卖瓷器的人家，二郎腿高抬着，收音机里咿咿呀呀地播放着经典的二夹弦唱段，有客人来咨询，只管去拿，拿来一并算账，价格不用砍，一定是公道到让你说不出个"不"字。这就是老街人的厚道，这就是生意人的胸襟。

据老辈人回忆，天棚磁器街是以前少有的宽阔的街道，它西接大有街，一条被人称之为"丰年大有"的街道。可以想象，农家人丰收之后，卖了粮食要进城买一两套像样的餐具。谁说农家人就不讲究品位？只不过是时间和经济条件跟不上罢了，若是条件允许，谁愿意将就？它的东面，接着老砖街，一条和瓷相关的街道，与一条和砖相关的街道毗邻，不知道人们会不会拿它们私下里比较，厚厚的老砖，是憨厚的汉子；温润如玉的瓷，是穿着考究、内心温婉的女子，两者无关乎境界和品味，似乎是一阳一阴的关系。

行走在这条街上，朗朗天宇，白云闲游，天光云影倒映在瓷器摊的一件瓷器上，有着一种异乎寻常的美。这样的街景，哪怕是朴素一些，简单一些，也总能让人想到"执手相看两不厌"，那瓷一样的时光，不知道锁住了多少人甜蜜的过往。

旧时，生活在老街是一件非常幸福的事情

在旧时，生活在老街，是一件十分惬意的事情。

去老砖街茶馆里喝一碗盖碗茶，让时光在茶香里凝滞。瓜片、龙井、茉莉花茶等应有尽有，茶点三四碟，糕点全都是洪济桥那边的糕点铺定时送过来的，佐以茶吃，回味悠长。

去华清池打发一个午后的光阴。华清池是当时设施最豪华的休闲场所。澡堂子是亳州人休闲的好去处，尤其是冬日，叫上一杯茶叶末，一根刀切的水萝卜，这种萝卜是青的，来自一个叫作秦大园的村庄。秦大园萝卜被称之为水果萝卜，甜而不辣，顺气养生，洗过热水澡来吃，口舌生津。

去蒋天源糟坊打上二两玫瑰露，抑或是竹叶青来喝。这家被称之为"天源涌"的酿酒作坊，采用的原料都是来自亳州大地上的高粱、小麦、豌豆等作物，酿造方法也是古法蒸锅，酿酒之水取自涡河，喝起来爽口回甘，是岁月馈赠给我们的不二佳酿。

自己吃饱喝足还不行，亳州的男人都顾家。过了涡河，到估衣

街的大兴粮坊称十斤米,再去紫阳斋酱菜园打二两酱菜,伴着夜色回到家,尽享天伦之乐。一家人其乐融融,羡煞人的眼球。

次日清晨,伴着鸟鸣和繁华的市井声醒来,可以自己做早饭,也可以到老街上买上一块牛肉馍,用粗瓷茶缸打上满满一茶缸咸麻糊。然后,送孩子去培英书院或柳湖书院上学。送完孩子,先不忙着走,在墙根处听孩子的琅琅读书声,那声音夹杂着蜜意,宛如天籁。

打发时光的方式又何止一种?如果你是个文艺青年,还可以到爬子巷的广益书局去看会儿书,经史子集、线装书、碑帖拓片、古籍挂图、手抄本,让人应接不暇。沉入广益书局的书海之中,看上两个时辰,你的知识富足了,接娃的时间也到了,父子或母女一同回到家里,门楣又亮了一重。

如果你爱好女红,到和泰恒绸缎庄去撕几尺布,截一匹毛呢,购些许绫罗绸缎回家,给在外打拼的男人做一件衣服,给自己心仪之人绣上一对鸳鸯,或者给孩子缝制一双虎头鞋,都是不错的选择。岁月就在这样的缝缝补补里,如花一样绽放。

身体有些小恙也不打紧。同仁堂里的老郎中给你开一服药,承庆堂里买一贴膏药,普庆堂国药店里熬上一剂汤,小恙瞬间就被瓦解了。谁让亳州是华佗故里呢?谁让亳州的药材如此灵验呢?对于小灾小病,权当长长见识,那都不是个事儿。

在旧时,生活在老街真是一件幸福的事情。

第二辑

流年趣事

打陀螺：乡村最早的圆舞曲

我没见过别人跳圆舞曲之前，先见到陀螺。陀螺在乡间的小路上，被鞭子啪啪地抽着，转速越来越快，舞姿越来越优美，可以一人一鞭子，也可以两条鞭子交替，引得小伙伴们呼朋引伴地在一旁围观，好不热闹。

陀螺是最早的乡间游戏，多以木头、砖头、玻璃瓶等做成。

木头做的陀螺很简单，多以圆木削尖底部，圆木的高度不能太高，多以 5～6 厘米为宜，太高了重心不稳；在底部削尖的地方，一般要镶嵌一个小铁珠，这样，陀螺抽起来转速快，转得也稳。

木制的陀螺对于一个乡间少年来说，是一项烦琐的大工程，搞不好，还会被刀具削到手，那就麻烦了。做陀螺也有笨法子，就是找一块砖头来，用砖头磨一只陀螺。砖头要砸成稍长一些的四方体，先把棱角磨圆，再从底部磨出陀螺尖。皖北的乡间很少有石头，即便有，也被父辈们用来磨镰磨刀，哪里舍得借给我们磨陀螺。为此，我们多喜欢在谁家的墙根处下手，墙根处一般有半米左右高度的墙裙，用水泥做成，我们抽个空就下手，砖粉沙沙而下，通常做一件砖陀螺需要一个上午的时间，搞不好，会被邻居发现并驱离。一个陀螺磨下来，手也给磨出了血泡。

那时候，我第一次知道"好事多磨"这个词。后来，上了初中，每每老师讲起这个词的寓意，我总会脑子跑神儿，想起磨砖陀螺的过程，这不也一样是好事多磨吗？

做陀螺当然也有聪明的法子。找一只用光了墨水的圆形墨水瓶，再找来一只玻璃球，烧化了沥青，把玻璃球粘在墨水瓶口，外面再裹上一层沥青，冷却以后，陀螺就制作好了。墨水瓶做成的陀螺，在我们看来，不光转速麻利，而且墨水瓶的底部还可以大做文章。比如，沾上一些画得花花绿绿图案的纸片，陀螺转起来，就形成不同的图案，异常有趣。散学以后，我们就在学校的操场上玩这种墨水瓶陀螺，仿佛繁重的课业和学习的压力被我们用鞭子给一鞭子一鞭子地抽跑了。

墨水瓶陀螺也有弊端，在冬天玩可以，而当春天稍暖一些，下面的沥青融化变软，陀螺的转速又太快，往往甩一鞭子，下面的玻璃球就被鞭子给抽飞了，又要重新烧沥青黏合一次，费时费力。

然而，对于陀螺这样有意思的玩具，谁嫌它费事呢，每一次都乐此不疲地制作，兴高采烈地玩耍。陀螺飞驰，在乡间的小路上迈出与众不同的"舞步"，在地上留下一些颇有趣味的"脚印"。抽陀螺的乡间少年，一会儿就满身大汗，甩掉厚厚的冬衣，再抽几鞭子，也就是在这样一鞭子又一鞭子的过程中，如我一样的乡间少年变成了青年。

如今,玩陀螺的少年逐渐少了,取而代之的是,很多城里的少年在玩指尖陀螺,把游戏场由乡间小路转向指尖,少了很多趣味,而且因指尖陀螺具有一定的危险性,备受诟病。

还是怀念最传统的陀螺,它们,是乡间最早的圆舞曲。

弹子儿：童年的另一副瞳孔

弹子儿，也就是玻璃球，是我童年时常常握在手里的玩具。那些或透明，或花花绿绿的弹子儿，有大的，约一元硬币那么大，也有小的，约五角硬币那么小。我们所玩的，以小弹子儿居多。

小时候，散学时光，吃过了饭，兜里的弹子儿哗啦啦作响，我们内心的"痒虫"又在咬了，便呼朋引伴地跑出去，必须玩几局方才作罢。

我们玩弹子儿最简单的方法是，甲把弹子儿放在指定位置，乙或掷或在地面滚动自己的弹子儿，以撞击到对方的弹子儿为胜。若是没有撞到，甲方变成攻击方，接力而赛，直到听到弹子儿"啪"的一声响，胜负高下立分。玩着玩着，有小朋友的裤兜逐渐空了，耷拉着头回家继续找一些破书破报纸来卖，然后到小商店继续买弹子儿。这种屡败屡战的精神，我小时候在乡间少年身上就学习过多次。而赢得盆满钵满的一方则是把手插到兜里，上下晃动自己的战利品，哗啦啦震天响，输的一方一手指着对方的裤兜说，你别得意，明天它们还不知道在谁兜里！

现在想想，玩弹子儿的时光真的好有趣。今天看来，我真不知道弹子儿有什么乐子，那些乐子全圈存在儿时的记忆里，留在童年的精神家园里，过了三十年后回头再看，仍鲜活如初。特定的时间，特定的地点，就该有特定的事物丰满我们的记忆，就像那一枚枚晶莹透亮的弹子儿。

前几日到故乡的集镇上去看，游戏商店的小摊上摆着花花绿绿的弹子儿，很少有人问津。前往商店购买玩具的孩子，多半是买一些烟花爆竹和电子玩偶，弹子儿冷冰冰地盛放在盒子里，有一种遗世独立的美。

一个时期有一个时期的玩具，就像一个时期有一个时期的穿着。

现在想来，玻璃球这种东西，除了被当成弹子儿玩，我很长一段时间不知道它还有别的用途，直到高中毕业以后，在一家咖啡馆打工，目睹有两位穿着入时的女子，各执红绿一色玻璃球，在一个三角形的盘上玩什么棋，后来才知道，那是玻璃球跳棋。玻璃球跳棋相比我们玩的弹子儿游戏，是优雅多了，也安静多了。但多年以前，这种跳棋哪适合我们这些乡间野孩子玩？多动的乡间少年，他们的运动场是在乡间的无拘无束的小路上和开阔的田野里，而不是小小的跳棋盘上。跳棋对于一个乡间少年而言，格局小了点。两者相比，是咖啡优雅地品咂与一通井水猛灌的区别，优雅地品咖啡不是不好，而是不合青葱时期的那份口味。

有时候我常常望着一粒粒弹子儿发呆，我甚至觉得，我与弹子儿对视的时候，它也是瞳孔，相看两不厌，折射出流年的光彩。

"斗鸡"

此"斗鸡"非彼"斗鸡",而是旧时乡间儿童喜欢玩的一种游戏。

这种游戏分两种玩法,比较粗暴的一种是:单腿站立,双手紧扣,提起膝下腿弯处,犹如搭起的炮台,然后用自己前方被提起的脚去踢自己的对手,两脚相撞,没被踢倒的一方为胜。也有"斗法"比较复杂的一种:单腿站立,两手抱起一只脚,被抱起的腿呈三角形,以自己被抬起的腿为武器,跳起来砸倒或砸脱对方抱着的腿,或者从下方挑散、挑脱对方的腿为胜。

"斗鸡"可以两个人独斗,也可以四个人分两组来对斗,以最终"幸存方"为获胜方。"斗鸡"游戏不仅可以彰显自己的孔武有力,也可以突出团队战斗精神,玩起来,其乐融融。旁边啦啦队的呐喊声、加油声喊得震天响,游戏氛围之好,令人数十年后仍能想起"昨日时光"。

旧时的乡村缺少玩具,大多数从自身找乐子,以自己的身体为

"器械",开展对斗式比拼,以获得成就感。

我一直觉得,游戏"斗鸡"与真正的斗鸡之间是有必然联系的。真正的斗鸡是两鸡对啄,塌腰落败的一方垂头丧气,斗志昂扬的那只威风凛凛。只不过,孩子们之间的游戏是以膝头或脚掌为"武器",而鸡是以自己的嘴巴为武器。

"斗鸡"游戏中蕴含着最古朴的仪式感。它阐释着"弱肉强食"和优胜劣汰的法则,也是最简单最直接的博弈方式,高下立见,无须评判。同时,"斗鸡"游戏也是乡亲们自娱自乐精神的缩影。在物质生活不怎么光鲜的时候,通过娱乐来"装扮"甚至"点睛"生活,原本贫瘠的生活立时就有了趣味性。

现如今,玩"斗鸡"的孩子越来越少了,铺天盖地的玩具让他们分身乏术。但我还是觉得,在益智的同时,还是要孩子们多一些身体素质上的锻炼。据说,单腿跳斗的"斗鸡"方式,对人的平衡性塑造,会起到一定的促进作用。我信。

提腿在腰,跃跃欲试,跳压晃挑,腾挪闪撞,"斗鸡"之乐,非亲斗者无以了然。

花米团

和麦子相比，米算是比较细腻的吃食。如果要论性别，似乎麦子是男性的，米应该是女性的，要不，怎么会有那么多人给自己女儿取名为"小米"？

用米爆出来的米花，就更加可人。它胖胖的身体，有一种盛唐气象的美。

在我童年的小小念头里，一直有个想法，把大米、红米、紫红米、血糯、紫黑米、黑米等各种米掺杂在一起，用爆米花机爆出来，就那么看着，也是十分美好的享受。后来，我的这一想法被村口的老大爷给完美地呈现了。

那位巧手的老大爷真的把大米、红米、紫红米、血糯、紫黑米、黑米等掺在一起，爆成米花，用糖和蜂蜜熬成浆，把这些米花攒成团，然后用圆形的木质模具压制一下，就做成了花米团。这些花米团被棉线串起来，挂在架子上，老大爷扛着这样的架子走街串巷，肩膀上的那些花米团跳跃着，像是扛着一条条彩虹。

"米团好吃又好看,咔嚓一口娃喜欢,若问米团哪里好,色香味全肉不换。"这是小时候常常听到的歌谣,从兜售花米团的人的吆喝声中,从少年们手持花米团的笑脸上,从经年不灭的回忆里。

花米团流行于20世纪七八十年代,那时人们的物质生活并不富裕,唯有在食品的花色上多一些创新,增添生活情趣;也借以美食的色,增加美食的受欢迎程度。现如今,可供人们享用的美食美味数不胜数,做花米团的师傅也少了,有的只是米团,单色的,被塑料袋装着。卖米团的走街串巷地吆喝着,"米团,米团,不甜不要钱",这种吆喝声也黯然失色。米团不花,卖米团的人似乎也失去了吆喝的底气。

前不久,在老街深处,再次邂逅卖花米团的师傅。耀眼的花米团像旧时一样,被棉线穿着,挂在架子上做招幌。与以前不同的是,花米团上还用果脯制作的青红丝拼出了字,都是一些吉祥话,比如福、乐、爱……依稀又被时光带着,穿越到了童年。

我曾去制作花米团的作坊里观摩制作过程。刚进作坊的院子,一股甜香就如温泉一样冲进鼻孔,看着那些"花红柳绿"的米被变戏法似的撮合在一起,过程自然,丝毫没有拉郎配的意思。制作花米团的师傅是在成全大米、红米、紫红米、血糯、紫黑米、黑米之间的好"姻缘"呢,这感觉,丝毫不亚于肤色不同的人种通婚。

花米团一般在节日最受欢迎,比如元宵节、中秋节之类,天上一轮圆月,手中一个花米团,望月怀远,啖米团养眼可口,人世间最美妙的时刻也莫过于此了。

说起花米团，想起我一位写诗的文友，她把花米团比作是"活跃在人间的流星"。她还说，天上的流星在深夜的苍穹里闪耀，人间的流星在味蕾上舞蹈。这是变着花样夸花米团诱人呢。后来，每每想起她的这样一席话，再看到流星雨许愿的时候，总觉得嘴角都是甜的。

柳笛声声春来了

"春打六九头。"农谚是这样说的,意思是六九左右,春天就蹒跚着脚步来了。春天会带给我们什么信号呢?很直观的一点,就是——"五九六九,隔河看柳。"隔着澄澈的河水,我们能看到对岸柳条泛绿。

这种绿,是柳的新装。人们一直说,春江水暖鸭先知,其实,我觉得应该是柳先知,它开始从自己的内心到表皮慢慢苏醒,外面被一层新绿禁锢着,其实内心早已春意斑斓。

柳条绿的时候,会有许多孩子在柳树下折柳,然后用小刀把表皮削光滑,把没有枝杈的柳枝左右拧动,直至柳枝外的那层皮与光滑白皙的柳条分开,只一抽,用小刀在抽掉的柳枝外皮处压扁,刮去最外层两毫米左右的嫩绿色表皮,露出里面青色的内皮来,若内皮没有损伤的话,一支柳笛就做好了。

新做的柳笛,放在口中吹奏,小且细的清脆悦耳,如孩童撒娇;大且粗的声音低沉,如同牛哞抑或莽汉的怒吼,吹奏起来,整个嘴唇都震得麻木。不管是大或小,柳笛一响,总给人一种山河萌动的讯息。

柳笛声声春来了。柳笛是为春天代言的形象大使,它不光颜值高,而且声音悦耳,讨人喜欢。一支柳笛还是一条时光隧道,很多人都能从中看到自己的童年,回忆起青葱往事,然后会心地坐在回忆里傻笑。

犹记得小时候做柳笛,刚出春月,柳树的枝条还没有抽穗,隔壁的邻家姐姐拿着一把镰刀,瞅准最光滑的一段柳枝割下,巧手慢拧,我专心致志地看她制作柳笛的全过程,讶异于这样一个长相俏丽的姐姐,怎会干男孩子才懂的事情。后来,吹柳笛的时候,我望着河水倒影里的蓝天白云和依依柳枝,总觉得那柳枝与邻家姐姐的秀发毫无二致。

后来,过了许多年,一个春节,我再次返乡,望见那位邻家姐姐,她已经结婚,生了一位长相酷似她当年的女孩。我问她:"姐,你家小娃会拧柳笛不?如果会,帮我拧一支呗。"邻家姐姐用手指摁了一下我的脑袋,然后手指一旋,指着女儿大声说:"开玩笑,我的娃,哪有不会拧柳笛的,拧一个给舅舅。"小女孩笑嘻嘻地跑出去,头后的马尾跳跃着,似一束新嫩的柳条。

"最是一年春好处,绝胜烟柳满皇都。"不知怎的,每每读到这句诗,我脑海里总是萦绕着嗡嗡的柳笛声,细密绵长,整个都城都是,那些撒开脚丫奔跑的孩童,那些拿着棍子够柳枝的小子,那些围在哥哥屁股后面看柳枝制作过程的女孩,那些被柳笛吸引的鸟雀，以及无边的春水，在人的脑海里漫漶。一支柳笛，清脆如是，是流动在口唇之间的乐章。

一支柳笛带给我的意象，深入骨髓，以至于我读到李白的"谁家玉笛暗飞声，散入东风满洛城"时，也认为这"玉笛"应该是柳笛才好，这样的笛声和春风毫无违和感，恰和了时令。真若如此，李白面对一管柳笛，也少了许多奔放夸张，多了几许温婉。

在网络上读宋广杰的诗，有一首名曰《柳笛》："早春，低垂的柳条/在计算自己又长了几寸/要是让孩子/拧成柳笛就好了/长到可以绕梁三日。"瞬间觉得惊艳，怎么一念及柳笛，人心都和春水一样，诗意泛滥？

柳条串烧饼

在故乡,有这样一种习俗,每逢清明时分,都要折柳,用柳枝串起三五个烧饼,挂在门楣上。

清明时节雨纷纷,门楣之上,是最干净的地方,柳条串起的烧饼一般可以当天就吃掉,另一种方式是待到立夏时再食用,食用方式很别致:将那串已然放干了的烧饼,放在水中浸泡、搋碎,打上两三个鸡蛋,撒上些许面粉,和成糊状,用来做成煎饼,不光味道甘美,有一股裹挟着岁月风霜之味;还防止"苦夏",有独特的养生功效。

青碧的柳树,长街屹立,一头婀娜的秀发,象征着鲜活的生命力;圆圆的烧饼,象征着万事圆满。经由人那么一串,就好比幸福亲酿,甜蜜自享,也有一种亲手浇开幸福花的寓意。

清明是适合怀旧的节气,一般要去已故的亲人坟前上坟祭拜。而柳枝又谐音"留着",意思是亲人宛在;那样一串烧饼,好比是献给另一个世界亲人的祭品。人们一般借由这样一个节日,这样一种美味，告知亲人，人间又逢阳春，我们倍加思亲。

串起来的烧饼作为祭品之后，一般是最吉祥的吃食，老人们哪舍得吃，一般交由最娇宠的孩子来吃。孩子们边吃边听大人们讲起清明的习俗，美味之中寄寓着一代又一代故乡人对孝顺的传承。所以，故乡有句俚语叫"柳条串烧饼，不吃是孬种"，意思很明了，一个清明时节不怀念已故亲人的人，是要被人唾骂的。

故乡的河边，多植柳树，在一定程度上，也可以被看成在故乡"孝已成风"。皖北大地上的故乡，人们以面食为主，圆圆的烧饼，面团之间麦香四溢；颗颗芝麻，犹如满天繁星，贴在面团这方小小的天宇上，这又寄寓着故乡人在吃食上的格局——气吞寰宇。

小小的柳条串烧饼，不仅仅是时令吃食，更是一种文化传承，是绵延不绝的地域习俗，饱含着当下人对先辈的追思，对孝顺的传承。一个烧饼巴掌大，寄寓的传统意义比天大。

烧红薯窑

烧红薯窑是乡间孩子独有的野趣。

选一个连日的晴天，皖北平原里新犁出来的土地墒情正好，偷偷地跑到邻家田里扒出来几块红薯，找个僻静处，在地上挖一条一尺左右的小沟，把红薯均匀地摆在上面，周围用十几个土坷垃垒成金字塔状，土坷垃之间留有缝隙。这样，红薯窑就做好了。

烧红薯窑可是个技术活，需要事先搜集好枯枝和草叶，用草叶引火，枯枝耐烧，且没有异味，红薯易被烧熟。点着了火，烧到十五分钟左右，红薯的香四野都能闻得见，垒好的土坷垃也被火苗烧得通红，这时候，熄火，把土坷垃推倒，这一步叫作"焖窑"。单纯用火来烧，只能保证红薯的表皮焦熟，而焖窑，是为了用烧红的土坷垃的热量把红薯焖熟。

秋日的田野，天空高远，空气清爽，烧红薯窑的孩子，能体会到几种香味，有周遭草木成熟的体香，衰草枯枝被点燃的草木灰香，还有红薯的干香。焖好了窑，扒红薯的过程十分激动人心，现在想来，如同新郎掀开新娘盖头的瞬间。

烧好的红薯，外面呈现焦灰色，剥了皮，一股扑鼻的香飘散开来，不得不承认，烧制的食物就是香，特别是以黄土为窑烧制的食物。红薯原本生长在其中，烧红薯的草和枯枝也生于斯，焖窑的过程又保留了食物原本的香味，这感觉，似乎是红薯在土壤里完成了二次"发育"。

小时候，孩子们都很淘气，尤其是早些年在乡间长大的少年，没有玩具，连电视也看不上，烧红薯窑似乎也可以算得上是一种游戏了。红薯窑烧得好，在乡间的少年中间，也算是一种技术，惹人艳羡，还能当孩子王。

红薯窑烧起来，童谣唱起来，远远地望过去，让人想起野地里的古老仪式，说不定在遥远的时代，我们的祖先们就是用这种形式来烹饪食物，也可能他们教孩子的第一门技艺就是烧红薯呢。毕竟，民以食为天。

如今，在很多城市的餐馆里，红薯也较为常见，但多以贵族化的脸孔出现。比如"蜜烧红薯"，做工考究，色泽鲜亮，很是诱人，每一份的价格也不菲，但我觉得，它失去了当年我们烧红薯窑的趣味。高科技的烤箱可以让红薯更有面子，却失去了它最重要的一点：人间烟火气。

摔"元宝"

看一幅漫画,两个大腹便便的中年男子,一手撑地,一手"拍画片",附言曰:"长大了就怀旧,怀念小时候和小伙伴,蹲着拍画片打弹珠,因为那时蹲下去,一点不费劲。"

随着年代的变化,物质生活的富裕,生活节奏的骤然加快,我们收获了很多东西,比如,房子、车子、职位、头衔……再比如,大肚腩。与此同时,我们也会失去很多东西,比如,摔"元宝"这种游戏,已经很少有人再玩了。

摔"元宝",首先要会叠"元宝"。一张纸以长的一边为轴对折,然后,两张折好的纸呈十字架样式放好,折三角,交叉折叠在一起,呈正方形样式,"元宝"就叠成了。那时候,纸张还相当宝贵,两张纸扣在一起,被誉为"元宝",也有的称之为"画片",足见人们对纸张的稀罕程度。

叠"元宝"一定要用硬度好的纸张,报纸通常是不受待见的,当年,连《半月谈》这样的刊物叠出来的"元宝"也不行,那时候的《半月谈》用的是和报纸一样的纸张。若用书皮或《电影画报》内的彩页来叠，最受孩子们的欢迎，千方百计也要把它赢到自己手里。

摔"元宝"很简单。把一张"元宝"正面朝上放在平整的地上，另一个小伙伴用力扇动自己手中的"元宝"，落在地上的"元宝"有可能借助自己的力量把地上的那张翻过来，这样，就赢了，被翻过来的"元宝"犹如被杀得人仰马翻的士兵，弃械投降。

摔"元宝"的花招多，为了使自己的"元宝"风力更大一些，或者是冲击力更大一些，有的人会解开上衣的扣子，有的人会用手指擦地。一般情况下，摔"元宝"解开上衣被认为是耍诡计，手指擦地一般不容易被看出来，但也异常痛苦，有时候，手指会被摔肿，或者擦出血丝，真是为了一张"元宝"，不惜代价。

小时候，常常能听到村子里啪啪摔"元宝"的声音，那声音，让我第一次明白"掷地有声"这个词的直观含义。孩子们拿着一大摞"元宝"欢呼雀跃地玩着游戏，至于这些"战利品"后来去了哪里，恐怕已经没有多少孩子会记得了，但是，那时候游戏的场景至今记忆犹新。

摔"元宝"这种游戏为什么这么讨孩子们的欢心？我想原因很简单，越小的孩子越希望获得成就感，而摔"元宝"无疑是最有效最快捷的一种游戏形式。

汤婆子

汤婆子不是烧汤的婆娘，而是"心"里装着一腔热汤的铜质暖手壶。"暖手壶"是北方人的叫法，南方人喜欢称它为"汤婆子"，这名字取得好，携着此物，犹如一位暖心的老婆子在你旁边嘘寒问暖。

制作汤婆子的店铺在故乡的老街，名曰"打铜巷"。打铜巷自清中叶开始，坚持手工打铜，制作出的铜器精美绝伦，很多游客慕名而来。比如，买一件手工制作的铜盆，用它洗脸可以消毒，其中的铜离子可以治疗白癜风等诸多皮肤病。还有很多紫铜的餐具。汤婆子只是其中一种，有手捧大小，似一只小葫芦，有口，用来灌入热水，上有胶塞和手提把手，装入热水后，外面用红布袋包裹，用来暖手暖身，方便且时尚。

我曾用过多个"版本"的汤婆子。瓷的，被父亲用围巾裹着，从集市上买回来，大雪天，父亲在炉子上烧开了水，预热一遍，灌入热水，塞上橡皮塞子，裹上一块废旧床单，放在我的脚旁，一整个夜晚都是暖的。

那时候,父亲在行政村办公地点开了一家诊所,位于四座村子中间的田野上,乡野的风很烈,北风过窗,冷得透骨,全靠汤婆子"照料"。

后来,有了妹妹,汤婆子不够分,父亲又买了一个橡胶的汤婆子(也称"热水袋"),把瓷的汤婆子放在妹妹身边。再后来,听说橡胶的不安全,父亲就用别人打吊针用过的吊瓶,刷净了,预热再三,确保安全后,裹上粗布,放进我的被窝,整个冬天也照样暖意融融。

一个汤婆子,不问"出身",不分"贵贱",都是一个温暖的小火炉,陪伴我度过童年的多个寒冬。

我上了初中以后,电暖宝就问世了。那些花花绿绿的暖手宝,上面给描绘上了当季最红的卡通人物、电视剧主角,摸起来也毛茸茸的,不知怎的,我却总觉得它的热有一种拒人于千里之外的陌生感。后来才知道,电暖宝里灌入的不是水,因此,也就不能称之为"汤婆子"。这样工业气息浓厚的产物,失去了原有的温存感,且经常爆出伤人事件,由暖人变成伤人,让人大呼"伤不起"。

现实生活中的许多东西都是这样,越智能,也有可能就越冷冰冰,缺少了人与物的对话感。比如,人与铜器,人与瓷器,人与橡胶,人与玻璃,人与水,那么,人与电该以怎样的途径接触呢?

严寒冬日,想起汤婆子,心里便装着融融春暖。

听大鼓书

家在皖北,小时候,一进入腊月,整个乡村都闲下来了。这时候,戏班子都走进村子,泗州戏、二夹弦、梆子戏,咿咿呀呀地唱了整整一个月,把整个春节的氛围都营造出来了。除了戏班子,也有大鼓书,他们通常是两个人,一人拉琴,一人敲鼓、打板兼主唱,或者干脆就一个人,呱嗒板打得震天响,大鼓书唱起来,周遭的邻居都围拢来,抄着棉袄袖筒,听得入神。

那时候,大鼓书比现在的明星演唱会还要接地气,随便从村子里捞出两个人,问:"听过大鼓书没?"一准能给你讲出个道道来。——谁没听过大鼓书,《王天宝下苏州》《呼家将》《七侠五义》《杨家将》……简直是如数家珍。唱大鼓书的人,多半是中年男人,声音浑厚,和咚咚的鼓点相互映衬,像是锦缎上就应该绣牡丹,身材好的女人就应该穿旗袍一样。

旧时,唱大鼓书的艺人多,谁家有个红白喜事,都要请他们唱两段大鼓。鼓书较长,一场哪能把故事都唱完呢?遇见这家有喜事，同村的另一家也有，就追着要求把"下回分解"的给续上。

听大鼓书的人多半都是"铁粉"，男人听得端着饭忘了扒下一口；女人边听边奶孩子，孩子都睡着了，奶头还噙在嘴里，都忘了掩衣衫；乡间的小小少年听得鼻涕牛牛都忘记擦拭。大鼓书场简直就是一个强有力的磁场，把听众如铁砂一样紧紧地吸在那里。老烟袋们也忘记了咳嗽，听过大鼓书，整个人甚至都通透了。

大鼓书盛行的日子，乡间基本上没有太多的娱乐活动。除了听一听大鼓书、唱几场戏，也就是玩玩花鼓灯。但是，戏曲与花鼓灯都太注重仪式感和阵势感，需要很多人才能使一众乡邻听得入神。大鼓书一人一鼓一呱嗒板足矣，这就是艺术的魅力。

那时候，唱大鼓书的艺人不收钱，大鼓书唱完次日，听过了大鼓书的乡邻会自动从自家粮囤里舀出来一盆麦子、玉米、大米，倒进唱大鼓书艺人的口袋里，算是听资。若是你不想给这些粮食作为酬劳，也没有人怪你，全凭自愿，乡邻们的淳朴善良，比大鼓书艺人的嗓音还要透亮。

当收音机逐渐退出历史舞台以后，电视机登堂入室，大鼓书艺人也逐渐少了起来。面对濒临灭绝的曲艺，想起旧时它的备受推崇，这落差，堪比奔腾的黄果树瀑布。好在大鼓书仍有老辈人在坚持，有非物质文化遗产保护经费，让我们重拾一段旧时光时，仍可以听到铿锵的鼓声。

雪天捉鸟

在城市的高处推门远望,闯进眼帘的是一片白茫茫的雪海。

雪仍在下,像筛子筛面粉一样,纷纷扬扬。在这样的雪天,我总想起旧时的乡村,想起一串串童年趣事。比如,搦一个雪球,加一粒糖精在里面,反复揉搓,最终变成一个小小的雪球,放在嘴里吃,这或许是中国最早的冰淇淋。再比如,把挂在房檐下的竹筛子拿下来,用绳子绑上一根一尺长的小棍子,倒扣竹筛,用棍子把竹筛支起来,竹筛下撒上一些谷物,等待鸟儿钻进去。

大雪苍茫,处处都是齐膝厚。鸟儿们不像聪明的人类,不会囤粮,只能靠天吃饭。雪掩盖了散落在田野里的秕谷,鸟儿们饥饿难耐,看到粮食和谷物两眼放光,饥不择食,更不理会吃食的地方有没有危险。

正所谓"人为财死,鸟为食亡",说的也就是这个道理。被饥饿冲昏了脑袋的鸟儿们,看到雪地里突然有一块空地,空地上有一些谷物,便只身涉险,有时候还会呼朋引伴地前往。当它们刚刚站稳脚跟,甚至还没有吃上一口谷物,头顶的竹筛就轰然盖下来,扑棱棱一阵响声，那是翅膀扇动的后悔挣扎。

而这一切的导演，都是远处趴在柴垛旁或者屋内的孩子。鸟雀飞入筛下，他们只需要拉动绳子，鸟雀就成了自己的囊中之物。被捉住的鸟雀，腿拴着，一路飞驰或者跳跃着，被一帮孩子戏弄。

现在想来，小时候的乡间少年多少有些残忍。瞅准鸟雀的弱点，撒粮捉鸟，这多少有些乘人之危的意思。大多数鸟雀被捉到后，玩一阵，就会被放掉。即便如此，鸟儿们也是被吓破了胆，甚至以后的日子，即使院子里有食，它们也不敢来觅。一般情况下，被捉到的鸟雀，孩子们都会喂它们一顿饱餐，这算是一种安慰，也算是孩子们给这些"玩伴"的礼物。

有些鸟儿气性大，脾气特别不好，捉来半天不放掉，就有可能气死。捉回来的鸟雀，如果羽毛十分鲜艳，多半脾气不好，随便拿在手里玩上一番，就赶紧放掉，以免草菅"鸟"命，毕竟是个可爱的小生灵。

后来，多年后，我学影视编导专业，电影《肖申克的救赎》被当成教材在课堂上轮回播放，我只记得一句话："有些鸟儿是关不住的，因为，它们的每一片羽毛上都沾满了自由的光辉。"再想想，那些在竹筛下撞破了头也要跑出去的羽毛鲜艳的鸟雀，瞬间释然。

写这篇文字的时候，又是个大雪天，想起那些被竹筛盖住的鸟雀，我脑海里瞬间掠过一丝凉意。的确，在名利纷扰的俗世里，又有多少人能看到自己头顶的"竹筛"？

外甥打灯笼，照舅

转眼又快到农历新年了，春日里的好光景，需要喜庆的气息来衬托。比如，大红的春联，像飞在小姑娘脸上的胭脂；再比如，旧时，大红灯笼打起来，呼朋引伴的孩童，满村子转悠。直至今日，我似乎仍能听到他们的欢呼声。

旧时的乡村，很多地方都没有通电，在各家各户清一色煤油灯的亮光里，朴实的乡下人生活、生育、生生不息，连根蜡烛也舍不得点。除非到了除夕，条几上的两根大红蜡烛才会亮起来，把先辈们的灵位摆上去，一拜再拜，这些烛火，似乎可以照亮灵魂回家的路。

还有另一处点蜡烛的地方，就是孩子们的灯笼。春节过后，刚刚开市，满大街都是兜售灯笼的摊位。在皖北，灯笼要舅舅买给外甥，外甥的灯笼好不好看，比的是舅舅的腰包和脸面，所以，又有个歇后语叫"外甥打灯笼，照旧（照舅）"。

旧时的灯笼多为纸糊的，里面用竹篾编成的框架，外面糊上一层透明的塑料纸，这些塑料纸多为红色。小南瓜一样大小的灯笼，底部立有横撑，上面站着一根蜡烛；灯笼顶部用铁丝握成牛梭子状，用一根棍子挑着。这种小灯笼还有一个很萌的名字——"红果蛋"。红果蛋像是娃娃们的笑脸，在夜色的乡村里，似乎能照亮一个民族的古老童话。

红果蛋灯笼容易被恶搞。比如，大一些的孩子会指着小一些孩子的灯笼说，看，你灯笼下趴个蝎子。灯笼的倒影投在地上，还有些蝎子的意思。小孩子赶忙翻过灯笼来看，蜡烛瞬间就点燃了纸糊的灯笼，化作一团火球。搞恶作剧的孩子在笑，烧了灯笼的孩子哭笑不得，这些都鲜活地留在童年的记忆里。

灯笼也有豪华版。豪华版的灯笼是羊皮做成的，直径足有一米长，还能旋转，灯笼壁上贴有剪纸做成的各色人物，蜡烛点亮后，灯笼转起来，称之为"走马灯"。至今仍记得走马灯中的人物肖像，他们来自《西游记》《水浒传》，也有来自《金刚葫芦娃》《哪吒闹海》里的场景。走马灯匀速地旋转着。这样的灯笼，有很强的演艺功能，玩一会这样的灯笼，就等于看了一场电影。

其实，皖北的乡村有一半是被乡下人的梦呓点亮，另一半是被娃娃们手里的灯笼点亮。前者是美好的愿景，可能是粮食丰收，可能是盖一座新房，也可能是生一个大胖小子；后者是手边的光芒，触手可及，触目可及，切切实实的光亮和温暖，看到它，瞬间有一股喜悦溢满心间。

闻香举竿啖槐花

农历三月的乡村，草木吐碧，枝繁叶茂，槐树较早占据春天的阵地，在枝头开出羊脂玉一样的花朵，我们乡下人都喊它"洋槐花"。这些洋槐花与普通的本槐不同，本槐在七月才开花，本槐所开的花朵是古代文人用来伤春悲秋的。而洋槐花一开，一串串，繁盛得很，甚至要把枝头压弯了，满目都是生机和喜气。

洋槐花初开，花瓣合在一起，不露花蕊。过个三五天，花蕊显露出来，青中带黄，样子像是素颜的女子，不施粉黛，一样俏丽端庄。

有许多花都是可以吃的，洋槐花也不例外。洋槐花开的时候，我们常常找一根竹竿，竹竿顶端绑上一把小镰刀，小心翼翼地把一串串洋槐花钩下来。树上花枝乱颤，树下是等着接洋槐花的孩子。有的孩子直接就把槐花扯下来放在嘴里吃了，甜丝丝的，香气沁人心脾。

所以，每到三月，皖北乡村的少年，闻到院子外洋槐花的清香,就开始准备钩洋槐花的工具了,正所谓"闻香举竿",说的也就是钩洋槐花的喜悦心情。

若是在雨后来钩洋槐花,就更有诗意,槐花带雨,纷纷飘落。这时候的洋槐花水分足,可以直接拌上干面来蒸,蒸上十分钟左右,撒上少许盐,淋上麻油,味道鲜中带甜,甜中带香。如果你喜欢吃蒜,还可以淋上些许蒜汁,味道就更胜一筹。

春日里吃不完的洋槐花,可以放在阳光里晒干,用塑料袋收集起来,可以用来包包子或者做扣肉。用洋槐花做的包子,吃起来有槐花香,即便是冬天来食,仍能感知满嘴都是春天的气息。若是用洋槐花做扣肉,洋槐花的清香能稀释扣肉的油脂,吃起来香而不腻,深得食客们的喜爱。

洋槐花的美,不仅美在样貌清丽,像一阕小令,更美在味道,香甜可口。如果让我用"秀外慧中"这个标准来圈定一种花,那么,非洋槐花莫属。祖母生前,最爱用洋槐花入馔,为我们做蒸菜。祖母去世以后,父亲在她安眠之地的地头上栽种了三株洋槐树,说是给祖母做个伴儿。

我一直觉得,洋槐花是儒雅低调的花朵,它不像牡丹、芍药那样开得耀眼艳丽,而是有一种隐忍的美,谦恭地站在高处。我一直想着,在城市里找一处老房子,开一家书店,书店门前种上两棵枝繁叶茂的洋槐树,春天来的时候,洋槐花盛开,搬两张桌子,在洋槐树下看书,喝茶。

扎风筝

立了春，风吹到脸上，也不那么冷了。这时候，在乡间，人都闲得很，忙了一年，没时间陪孩子玩耍，补救的时候到了。

那时候，乡间还没有那么多高压线，田野空旷得很。田垄里，墒情好，上层的土被腊月的风吹得干爽，踩上去，不黏脚，是放风筝的最好乐园。

"工欲善其事，必先利其器。"放风筝的前奏是扎风筝，这样的活计，通常由长辈们来完成。

堂叔最擅长扎风筝。从竹园里砍下两根长势不好的竹子，他会根据需要斩成长短不一的小段，用铁丝扎成老鹰状、小燕子状、蜈蚣状……骨架扎好以后，接下来就要在外面糊上一层纸。

乡间，没有花花绿绿的纸张，多用报纸来衬底。

舀一小勺面粉，和成面糊糊，在土灶上燎。等做好了糨糊，拿来一把剪刀，根据刚才做好的骨架"量体裁衣"，很快，风筝的血肉就丰满了。这时候，再拿出事先准备好的彩色纸张，剪成不同的图案，贴在风筝上。做好装帧的风筝，再用碎布做成一条尾巴，黏贴在风筝的尾部，用事先买好的风筝线绑在风筝的黄金分割点骨架上，一只风筝就大功告成。

风筝做好以后，一帮孩子围拢着扎风筝的大人，雀跃着向田野走去。风和日丽，有风，不疾不徐，把风筝高高地举过头顶，起跑——待到步幅越来越大，速度够了，便慢慢放线，风筝越飞越高。多年后，这样一种姿势，总让我想起飞机起飞的全过程。

小时候，总感觉天空澄澈高远，风筝从小餐桌的桌布大小，逐渐变成了手帕，再从手帕变成一小块糖果纸大小。风筝越飞越高，与云雀比肩，与飞鸟攀谈，与云朵交心。放风筝的小小少年，也把自己对未来的美好渴望经由风筝线放飞到"天空之城"。

少年心事当拿云。这样一种"拿"，有两种途径，一是通过目光，一是借由风筝。这两者之中，风筝又无疑是最直观的一种途径。

又到艳阳天，风筝飞满天，儿童遍地走，云霄与人间，一绳系两头，时光乐悠悠。

粘知了

五月的乡村，蝉鸣聒噪，大人们农忙回来，本想躺在网床上小憩片刻，无奈知了在头顶的大树上不停地宣泄自己的思想"知了，知了，知了……"知了到底知道多少，是否很多都是关于这个乡村的秘密？不得而知。只知道它们没完没了地叫，让人心烦。

"二嘎、三妞……去，拿根竹竿，把叫得最欢的知了捅下来！"大人们多半这样发号施令。哪知道，知了这些鬼东西，捅是捅不下来的，这边捅一下，那边立即振翅而飞。

对付知了是要讲究手段的。粘，就是比较有效的方法。

找上等的面粉一把，先和面，然后洗出面筋。洗面筋的过程也就是使面团脱去淀粉的过程，淀粉少了，蛋白质多了，手里的面筋就成了。洗成的面筋超级黏，把这样的面筋放在竹竿的顶端，约莫核桃大小的一个面筋团，拿起竹竿，把面筋团逐渐靠近正在欢叫的知了，脚步要轻，举竹竿的幅度要小，待到面筋距离知了有一两厘米的时候，猛地将面团贴向知了，那知了只叫了一半，便被面筋牢牢粘住，翅膀不停地扑棱着，做最后的挣扎。

粘下来的知了，被我们剪去小半部分翅膀，拿在手里玩。知了虽然仍能飞，但飞不过膝高，很快就能被捉住。孩子们就这样不停地放飞，再捉住，直到一不小心知了被旁边那只偷嘴的公鸡给一下子啄住，游戏结束。然后，拿起竹竿去粘下一只知了。

夏日的乡村，热浪袭人，货郎挑是整个沉闷的乡村的催化剂。拨浪鼓一响，孩子们的精神头就来了，他们把事先粘下来的知了壳（蝉蜕）卖给货郎挑，用知了壳来换取货郎挑上兜售的零食。至今犹记得十个知了壳换一根江米棍，划算得很。

那时候，我们还不知道货郎挑要知了壳干什么。后来才知道，蝉蜕是中药材，有疏风散热、抗惊厥的功效。货郎挑拿着我们粘下来的蝉蜕，到药材市场上去卖个好价钱。

一直都认为知了是害虫，它们以吮吸树汁为生，也算是寄生虫。所以，在皖北的很多乡村，都有摸知了的习俗。把这些知了捉来，洗净，放在油里煎，香气扑鼻，这道美食被誉为"炸金蝉"。对于那些没有被捉到的"漏网之鱼"，就用面筋粘下来，最后用来喂家禽。

粘知了，是很多乡间少年的童年岁月里不可磨灭的印记，写这篇文章的时候，我手指上仍能感觉到面筋的黏，还有多年前那个夏天热烈的阳光。

老冰棍儿

去乌镇旅游的时候,在雨读桥边遇见一位卖老冰棍儿的老者,奶白的老冰棍儿,甜到让人灵魂冒烟。那天,我甚至忘记了乌镇的夜景,只记得老冰棍儿的甜和凉。那种凉,只让人的回忆飘向20世纪90年代。

那时候,我七八岁,炎炎夏日一到,最诱人的就是炸金蝉的香和冰棍儿的甜。炸金蝉对于我这样的乡间少年来说,堪称解馋的野味;而冰棍儿之于我,就无异于现在去装修考究的咖啡馆喝一杯咖啡。

老冰棍儿,在皖北,被称之为冰棒。只因我们这里的老冰棍儿是雪白一块,细长条,像一条冰做的棒子,加之中间用竹签串着,用来做柄,故而称之为冰棒。

那时候的冰棒很简单,要么是单纯的水加些许的牛奶,还有少许的糖(我一直怀疑是糖精);要么是红豆沙的,豆沙磨得并不细,还有粒粒红豆在。吃起来,首先拿红豆那头开始吃,吃得小心翼翼,舍不得一下子吃完。

那时候卖冰棒的人多会吆喝呀——"冰棒,凉甜可口,清爽解暑。""豆沙冰棒,奶油冰棒,好吃超乎想象!""冰棒,超级棒,贼溜地甜!"

乡间少年哪里有多少零花钱,我总喜欢在午后挑化冻的冰棍儿来买,一毛钱给三个,袋子里的冰水超级好喝,比冰棒还要过瘾。

后来,堂叔卖冰棍儿,我着实过了一把冰棍儿瘾。每天他都会给我留两三个,我把吃剩下的冰棒棍收集起来,与小伙伴们一起玩冰棒棍的游戏。一把冰棒棍抓在一起,一撒,用手里的冰棒棍一根根把地上的冰棒棍挑开,以不动下方的冰棒棍为规则。现在想起这样的游戏来,鼻孔里仍充溢着冰棒棍的奶香味。

上了初中后的一个暑假,我曾加入过兜售冰棒的大军。老式的自行车,后面驮着一个木头箱子,里面垫上母亲缝制的小棉被,走街串巷地骑着车子疯跑。一开始,碍于情面,还不好意思吆喝。后来,索性豁出去了。一个星期跑下来,能赚个十几块钱,脸却晒得黢黑,甚至后背还晒得起了皮,但心里还是美的,终于有能力给自己的人生挣得"第一桶金"了。

这是我人生中第一次做生意,也知道做一个生意人,可不是我们想象得那样轻松。但好在卖的是冰棍儿,后背处有隐隐的凉意传过来,舒爽得很,心里装着的是冰棍儿的味道,嘴角也是甜的。

如今的冰棍儿被称之为"雪糕",各种各样,千奇百怪。我还是怀念老冰棍儿的味道,简单直白,甜就甜到彻底,凉就凉得痛快。

赊小鸡

犹记得孩提时，在乡下老家，每当麦子稍稍变黄的时候，"赊小鸡呀，赊小鸡"的声音开始飘满了村子，那声音悠扬动听。

贩卖小鸡的人，要么骑着自行车，自行车后座上放着一个"n"字形的条筐，正好跨在自行车的后座上；要么是肩挑着一个扁担，扁担两边各有一个三四层的筛箩。走近筛箩，就听见小鸡们的群唱；打开来看，是一群嘤嘤鸡崽。

我最喜欢追着贩卖小鸡的人跑，只为看这些嘤嘤鸡崽，黄嫩可爱，拿在手里，感觉全世界都是美好的。

为什么要等到麦子黄的时候贩卖小鸡的人才进村呢？答案或许有两个：一是这时候气候适合小鸡生长，易于成活；二是这时候粮食就要下来了，小鸡有口粮。

赊小鸡这样一种现象，代表着旧时农村人的诚信。之所以称之为"赊"，是因为在以前鸡是用来下蛋用的。公鸡和母鸡还是鸡崽的时候，一般不太容易分辨。万一赊到的是公鸡，怎么办？于是，所有贩卖小鸡的人都知道这个道理，先撒小鸡给农家，待到小鸡长到两三个月大的时候，再来收账。当然，母鸡全额付款，公鸡分文不取。贩卖小鸡的人最多只留存个小鸡赊养户的名字和赊取小鸡的数目，住址全靠记忆，照样能够记得清清楚楚。

赊回来小鸡以后，养小鸡可马虎不得。小鸡一般喜欢吃小米，煮熟了来喂，每天还要控制小鸡水的摄入量，少了会便秘，多了会拉稀，两者都会导致小鸡早夭。还有，乡间一般多黄鼠狼出没，这些黑嘴的家伙，即便是成年母鸡见了也吃不消，若是它们闯进了鸡窝，小鸡便难逃惨遭屠戮的命运。所以，鸡蛋好吃，鸡崽难养。

世间事物，大凡会结出硕果的，其生养过程一般不易。

我喜欢看小鸡吃米的样子，边吃边嘤嘤而唱。黄澄澄的小鸡，煞是可爱，用现在一个时髦的词汇，那是"萌"到家了。

时光流逝，后来，乡间再也没有贩卖小鸡的人。"赊小鸡"也成了早年乡间一幅生动的图景，只能用来回忆了。

前年冬日，去幼儿园接女儿。幼儿园门口，听到了熟悉的嘤嘤声，一看方知，竟然有人在卖小鸡，那样一只只毛茸茸的小可爱，怎会在冬日出现？后来才知道，这些小鸡是供孩子们玩的，这个季节，哪能养活，多半是要中途死掉的，可悲之至，可爱竟然成了小鸡的致命弱点。

第三辑

旧岁寻味

搬鱼

想起童年一种很有意思的游戏：搬鱼。

"搬"字，有一种搬救兵的意思。鱼又不是家具，也不是自己的亲朋好友，怎么搬？

旧时的乡村多水塘，有水的地方就有鱼。小时候，如我一样的乡间少年嘴馋了，又不会学着大人那样去烧红一根祖母的绣花针弯成鱼钩，就只得去搬鱼来解馋。

搬鱼需要先找来一只罐头瓶子。罐头瓶子瓶口大，鱼容易躲进来。罐头瓶找好了，找来一根长长的尼龙绳子，先在瓶口处系上一圈，然后再从瓶口的那圈绳子上打两个结，可以把瓶子提起来，又不至于让罐头瓶子脱落。

工具准备好了，就要给鱼儿们准备一些"酒菜"。搬鱼嘛，还是需要拿出一些"诚意"的。这些所谓的"诚意"就是找一块馒头，掰成小块，里面滴上些许麻油。准备妥当了，在一个阳光好的地方，把这只装有馒头的罐头瓶子装上水，沉到水塘边。鱼儿们的嗅觉好得很，一旦闻到了麻油的香，就麻溜地跑过来，看到还有美味的馒头，一忽儿钻到罐头瓶子里，这时候，只需把罐头瓶子提出水面，鱼儿就被成功地搬来了。

这是鱼儿们贪嘴的代价，也是小伙伴们贪嘴的战利品。同样的贪嘴，结局差距这么悬殊。是造物主在造人时，对人格外垂青，赋予人以强大的智慧。

搬来的鱼儿一般都不大，约莫三寸长，有的甚至更小。这些鱼儿被去了鳞片，洗净了，拌了面糊，放在锅里熬一下，放上一些花椒叶，淋上几滴麻油，味道鲜美，可以解馋终日。这是乡间少年的讨巧之作，不宜多用，不然，鱼塘内的鱼儿容易"断代"，秋后，就再也没有大鱼可供打捞了。

我家在皖北，后来，遇到几个在江南生活的文友，谈及自己的少年趣事，也有搬鱼的趣事。只不过，他们不称此举为"搬鱼"，而称之为"诱鱼"，一个"诱"字，功利性太强了，我不喜欢。

其实，我们之所以把罐头瓶取鱼的方式称之为"搬鱼"，有借的意思。忘了赘述，我们把搬过来的鱼儿享用之后，是要在鱼塘里撒一些麦麸的，实为补偿那些还在水塘里成长的鱼儿，如此，搬鱼才来得"师出有名"。

搬鱼之乐，告诉我们，没有无缘无故的索取，也没有无缘无故的付出。

采莲蓬的女子

我曾见过两位采莲蓬的女子。

一位,手似莲蓬脚下的根:嫩藕。头扎着方巾,印花蓝布的那种,很具中国风韵。她唱山歌,在南国山水的怀抱里,青山绿水在一声莲蓬的"折腰"声里,一片窸窣。我把这理解为山水的动容。

接天莲叶无穷碧,这碧绿,也装进她的心里。莲蓬有多少孔,她的心里就藏着多少心事。男人的马帮什么时候返程?他路上是饥是渴?衣服是寒是暖?他所经之地是晴天还是雨天……她如莲的心事,或者说是如莲蓬一样的心事,从骄阳似火,一直蔓延到满天繁星。

那繁星,如莲蓬里的莲子一样眨着眼睛。

另一位,手是已然风干的莲蓬的皮,眼睛却黝黑明亮。她自己划着船,弓着腰身穿梭在荷塘里,她的身体也像她脚下的小船一样弯。

水天一色,她动作异常麻利。每采一只莲蓬,她脸上的笑意都多了一重,也许是笑得多了,一如雨落荷叶,花枝乱颤。

她是三个孩子的母亲,她生活的圈子是这个小小的荷塘周边,她的孩子都在千里之外。每一朵莲花开了,她都会打电话告诉孩子,其实这远没有必要,她只不过是借机问孩子可安好。

莲,本来就是一种水生植物,可是,中国文人偏偏把它和"怜"挂上钩。怜,可不就是发自心底的爱?似乎又不这么简单,它比爱还多了什么?是甜蜜,是忧伤,是离愁别绪,也是,也都不是,但有一点是回避不掉的。

那就是——牵挂!

吹糖人儿

如今吹糖人儿的人越来越少了。

前几日,过了重阳,我倒遇见一位。那天,我接女儿从舞蹈班放学出来,迎面有一辆自行车立在那里,一股麦芽糖的香扑面而来,一位老人,戴着老式的火车头帽子,一手拿着根竹签在自行车后座的木箱子里搅拌着糖稀。木箱子里,有一只小炉子,炉上有锅,锅内煮着糖块,糖块很快就融化了。吹糖人儿的老者就这样用手中的麦秸秆挑出来一疙瘩融化的糖稀,变戏法似的吹出来一只老鼠、一只兔子或者一只葫芦,或者更神奇地吹出来《西游记》中的师徒四人……老人的手艺非常娴熟,尤其是他吹出来一只老鼠尾巴的时候,像是书法家在拖曳一支枯笔。

尽管老人把糖人吹得惟妙惟肖,各种各样的糖人以竹签为骨,插在自行车的后座架上,展览兜售,糖也是真正的麦芽糖,黏性足够,我却始终觉得糖人的卫生程度有待进一步商榷。

你想,吹糖人儿的手艺人用嘴巴吹出来的糖人,口气就一定新鲜吗?他有没有不良嗜好?有没有口腔溃疡?细思极恐,我没敢让女儿去买糖人来吃。只让吹糖人儿的老者用竹签挖出来一只糖疙瘩给女儿吃。没有了花哨的外表,糖疙瘩吃起来异常黏牙,女儿一脸的不满意。

后来,读到一则关于吹糖人儿的来源传说,心中的块垒涣然冰释。

原来,当年刘伯温帮朱元璋打下江山之后,朱元璋火焚庆功楼,刘伯温侥幸逃脱。追兵一路追杀而来,刘伯温偶遇一卖糖人的摊点,他与那卖糖人的手艺人互换了衣服,又灵机一动,化捏糖人为吹糖人儿,引得众人围观。追兵们看到眼前只是一个手艺精湛的民间艺人,便顺路朝前去追,刘伯温才得以侥幸逃脱。后来,刘伯温被尊奉为吹糖人儿的祖师爷。至于他什么时候学会的吹糖人儿,这就不得而知了。足见,人还得有些爱好,关键时候说不定可以派上用场。刘伯温神机妙算,也许早就料到会有这么一劫,才暗暗做了功课。

危难时刻,不得已而生出的"伎俩",哪还管什么卫生不卫生。吹糖人儿也许就这样被一传十、十传百地传下来,直至今日,很多人已经忘了它的源头。

不过,单从技艺来说,吹糖人儿这种嘴上功夫的分寸拿捏,还是让人叹为观止的。

古代医生的那些道具

医生的装扮，放在现在很好确认：一袭白衣，头顶的帽子一般是白色的，手术帽略微有一些区别，白衣天使嘛。

要知道，古代的医生完全不是这副装扮。他们的区别并不体现在服饰上，而是体现在用具上。

翻阅史料，发现汉代及其以前的那段时光，医生走街串巷地行医，手里是有道具的，这个道具便是"鱼符"。那时候的鱼符，首尾咬合在一起，形成一个圆形，这种造型在古代称之为"阴阳鱼"。我想，这与中医崇尚阴阳学说不无关系。再者，"鱼"与"愈"谐音，见鱼符，病人也心生欢喜。因为，病痛很快就可以"痊愈"了。

后来，到了东汉末年，华佗行医的时候，喜欢背着一只药葫芦。仔细查阅华佗的籍贯，不难发现，他是谯郡（今安徽省亳州市）人，这里自古就是大面积药材种植区域，其中葫芦尤为常见。因此，背着一个药葫芦，可以放一些药丸、药剂，逐渐就形成了医生新的标志。

也有手持串铃的。走街串巷的江湖游医多喜欢用串铃,铃声响起,谁家人有了病痛,就出来,把医生请进家门,开一服药,买两贴膏药,一般都是一些小病小痛,大病还是要寻大医生。

医生看病,一般要给人家开方子,执业医生为了防止病人找后账,都会在药方子上加盖自己的印鉴,这种印鉴称之为"药印"。药印都是防伪的,病人拿去抓了药,若是有吃出了问题的,造成的"医闹事件",便于追责。首先验证是不是自己开的药方,有没有同行假冒自己的药方给自己使绊子。确系自己的药方,经过专业的医署鉴定,药方与病情无冲突,用药科学,医生就能免于责任。否则,就是医生专业知识不行,是误诊,或者技术欠缺,要负全部责任。一枚药印,就是最好的防伪密码。

开具药方之后,需要到药房抓药。药量的控制需要"锱铢必较",一分一毫都不能差。最早的称量工具用的是天平。宋代以后,有了更为精确且便于携带的称量工具,被称之为"戥子"。戥子上的准星尤为精确,可以精确到五十分之一两。秤杆也极为讲究,用紫檀之类的高级木料甚至是象牙做成。秤杆较细,最细的仅有火柴杆一般细。戥子放在特制的木匣子里,乍一看,像一把琵琶,极其精致。

有些药材需要碾碎后方可入药。碾药所用的工具分两种,一种是碾药船,又名"惠夷槽",据传是一位铁匠为了感恩华佗救了他的命专门为华佗打造。碾药船的槽心朝下逐渐变窄,一只铜钱一样的碾子，中间串有横木，用来碾药。当然，这是对于大件的药材，小件且无须耗费力气的一般用研钵，也称"药擂子"。药擂子类似于如今的蒜臼，是用来碾碎或捣碎药材。

以上是比较常见的医家用具。一般情况下，手持以上用具的，要么是专业的医生，要么是正在药铺学徒的小伙计，总之，无非是医生和准医生的区别。鱼符、葫芦、串铃、药印、戥子、碾药船……基本上可以理解为医生的"身份证"了。

木匠

我对木匠的印象源于少年时。那时候,学校里甚至没有一张像样的课桌。破旧的一间小学堂,上课铃用的是面粉机上的磨头(或是犁铧,记不清楚了),整个学校只有一座钟,老师们谁觉得时间差不多了,掂了只锤子走到磨头跟前,咚咚咚敲几下,按照声音的急缓程度区分上下课。教室的门,也大都没有一扇是囫囵的,多是掉了一块板子,用报纸或纸板糊着。起初,课桌是用砖头垒成两个垛子,上面铺着木板,趴上去写字,前后左右摇晃。这时候,一张正经的课桌呼之欲出。

依稀记得,少年时,还允许学生从家里自带桌子。父亲是名中医,借着给自己做药橱的机会,请来木匠,顺便也给我打一张课桌。

木材是一早就备好了的,按照要求,事先到板材厂用电锯锯好了尺寸,约了几天,木匠终于到家里来了。印象中,他们一行三人,白胖的是主木匠,他负责用墨斗、铅笔在板材上画上尺寸;两个帮手,都是瘦子,年轻的一个比我略大几岁,用刨子将木板刨平,然后眯着一只眼睛检验;年长的一个用凿子,把事先画好的榫眼儿凿好。准备工作妥当以后,三人合力组合家具,把劳动成果展示给东家。

那时候,木匠一般是不给钱的。酬谢木匠的方式一般分两种:一种是管吃,东家负责木匠为自己做家具期间的饮食,一般不能少于四个菜、一个汤,酒无论孬好,一定要有;另一种是直接给粮食,做好了家具,按照劳动量的大小,东家给予木匠相应的麦子或玉米。两样,都绕不开吃,足见,那时候,吃饭多少还是存在一些问题的。

为父亲打药橱的那三个木匠对吃要求得特别高,要求六个菜、一个汤。理由是:药橱的打造工序特别烦琐——中药橱又称之为"七星斗柜",上下左右各7排斗(不含最下层的匣子,含上,则有"横七竖八"之说),一斗三格,分别盛放不同的药材。药橱中间一般放置常用的药材,便于抓取。

故而,看似不大的一组药橱,中间的暗格如此之多,难度非一般家具可以比拟。

木匠走进家门的那些日子,偏巧是个暑假,母亲每天到集市上去买一些时蔬和肉食,我则承担了锅灶烧火小子的活儿。看母亲在锅灶边烹肉食炸丸子,我嘴里馋水四溢,简直要把灶膛里的火扑灭。菜炒出来了,我却不能下筷子。母亲说:"这些都是给木匠们准备的,他们为我们辛苦了几天了。"

闲暇的时候，我看木匠们干活，并且与那个年轻的木匠混得特别熟络，喜欢看他嚓嚓地在用刨子。只见刨子在木材上来回穿梭，一丛丛刨花从刨子口中吐出来，异常有趣。那些带着木香的刨花，我会收集一部分，在上面用铅笔画画、写字。剩余的，送到灶膛边，用来烧火做饭。刨花烧饭特别香，木材的香被火引燃后，炊烟少，也香气扑鼻。

药橱三天就做好了，最后一个下午，木匠们几乎用一个小时左右的时间帮我做了一张课桌，泡桐木的，轻巧且好看，关键是板材也便宜。第二天，我扛着课桌去了学校，引来同学们的一阵艳羡。我没有舍得像鲁迅先生一样在课桌上刻上"早"字之类的记号，甚至连铅笔也舍不得画。那张桌面被年轻的木匠刮得特别光亮，还打了几遍砂纸，以至于我趴在课桌上的时候，几乎可以照见人影。现在想来，那位年轻的木匠的手艺还是可以的。

这都是二十几年前的事情了。如今，组装家具的流行，工厂流水线生产方式，让木匠变得越来越少，今天恐怕想自己做几件像样的家具，木匠都不太好寻了。因为工作的关系，我倒是认识几位做古建筑的木匠，做房梁、雕花、卯榫等工种，精美绝伦，匠人的感觉越来越足了。

有一种篮子叫"气死猫"

也许你不知道,在皖北,有一种篮子就叫"气死猫"。

"气死猫"是用竹篾编成的篮子,里面多放一些没有吃完的馒头、剩菜等。尤其是在乡间,人们大都比较懂得节约,剩馍剩菜舍不得扔掉,尤其是一些一顿没有吃完的肉食,更没有扔的道理,这样的美味放在外面,偷嘴的猫很容易瞄上,伺机下手,成为它们的美餐。

发明"气死猫"的,一定是个"惜饭如金"的乡下匠人,他砍下竹子,用刀刻成竹篾,竹篾在他的手上翻飞,不多时,一个肚大、口小、带有篮帽的器物就做成了。把剩馍剩菜放到此物中,如设牢笼,再贪嘴的猫也只能"可望而不可即"。取什么名字好呢,索性就唤此物为"气死猫"吧。

其实,带有"气"字且是相同功用的器物,不独皖北才有,江南亦多见。少时,读鲁迅先生的《故乡》,那里面记述了一种名叫"狗气杀"的器物:

杨二嫂发现了这件事,自己很以为功,便拿了那狗气杀(这是我们这里养鸡的器具,木盘上面有着栅栏,内盛食料,鸡可以伸进颈子去啄,狗却不能,只能看着气死),飞也似的跑了,亏伊装着这么高低的小脚,竟跑得这样快。

这些器物,其实是很有趣味性的,从它们的命名、功用皆可看出劳动人民的智慧。

自冰箱走进千家万户以后,"气死猫"已经很少见了。我还是觉得"气死猫"比较好。冰箱不透气,食物之间易串味,且导致营养流失。"气死猫"通风较好,且不容易造成食物与食物之间串味。另外,"气死猫"还有一种好处,就是通体的竹香,会让放入其中的饭菜更加鲜美,染有竹之清芬,甚佳。只是,会做"气死猫"的匠人随着时间的推移,已经越来越少了。

前几日,在故乡的北关老街,在一家竹货店再次遇见"气死猫",如晤老友,如获至宝,买了一只,上下左右端详,许多童年的影像纷至沓来,在脑海里浮现。

我望着一只"气死猫"篮子发呆的时候,突然觉得,这些竹篾围拢成的器物,好似我们所必须遵守的一些制度。面对篮子里的美味,有些人难免在某些时候也会成了"那只偷腥的猫"。这样想着,还是希望生活中多一些"气死猫"吧。

憩与棋

皖北地区，沃野平畴，农忙时节，人们扛着锄头，拿着镰刀，背着篓子……在田间辛苦劳作。累了，总要给自己找些乐子。不如就地取材，从树上打几十颗酸枣，从路边捡两根枯枝或小砖头、坷垃头，在平整的地上画上一盘棋局，这就开始对战了。这种土棋，有人称它为"六州棋"，也有称它为"插方"。实因在下棋的过程中，一方把棋子拼成一个正方形，或者，两边连着成3枚以上棋子，都可以再多放1枚以上棋子，等于多走一步。棋局插好以后，可以吃掉对方的1枚散乱棋子，而后行棋，重新组合成一个"方"，或者是连成一条线，誉为"成"；4枚棋子连接在一起，两头挂边，称之为"四斜"；6枚棋连在一起，称之为"龙"，可以分别吃掉对方1、2、3枚棋子。最后，哪一方棋子被吃尽，此方落败。

春夏秋冬，田间劳作的农人们并无太多的休闲方式，一盘棋，成为永恒不变的主题，多年以来乐此不疲。棋子来回变换着颜色和选材，也可能是树叶、树梗、碎瓷片……一副棋局画好，两个人对弈,源源不断地有人加入看客的队伍中来,看两人厮杀,或略有所思,或指手画脚,或笑而不语,棋局四周的众生状,也可以看出人的脾性。三五盘棋杀下来,胜负已明。输棋的意犹未尽,意欲反扑;赢棋的兴高采烈,如获至宝。棋局好似磁场,吸引着周遭休憩的农人们。

六州棋不光属于乡村,城市亦有老棋客。在城墙根下,在胡同口的一棵大树旁,在小吃馆子里,用一块纸板画好棋局,就可以过过棋瘾了。

我所在的城市,是全国知名的药都,那些从事药材经营的生意人也爱下棋。药市上,闲暇时,他们把包装纸箱拆开,用记号笔画好棋局,你从摊位上抓一把麦冬,他从摊位上带一把枸杞,这就是棋子了。中药行里,可以用来当棋子的何其多,辛夷花对战山楂,菊花对战八角,葛根对战白芍……一场棋下来,格外满足,手边浸润的也都是草药香。

小憩时刻下一盘棋,闲暇时光好甜蜜。

茄蒂，茄弟

小时候，我们一般喜欢把茄蒂称之为"茄弟"。茄蒂上面长有刺，摘茄子时会扎手。通常是摘下来茄子，把茄蒂扔掉，然后去烹调茄子。人们只知茄子的味道之美，却忽略了茄蒂的美味，就像一户人家里只知有其兄，不知有其弟。所以，在皖北，我们大都把茄蒂称之为"茄弟"。

不过，"茄弟"叫起来倒是很亲切，似邻家少年一样。

小时候，做中医的父亲就告诉我，茄蒂的作用大着呢。比如，人缺少维生素，或是上了火，容易口腔溃疡，这时候取茄蒂来煮水，服用后可以很快治愈。再比如，若是后背生疮，取茄蒂十几只，同样煮水，服用后也可以消解后背的疮毒。用茄蒂烧焦，碾成粉末，可以治疗蛀牙之痛……如此种种，在《本草经疏》等典籍中，赫然在录。

茄蒂，应该是茄子的铠甲了。它用来保护茄子不被人轻易摘走,就好比母鸡护雏。也恰恰是茄蒂上面的刺,能够穿越若干病毒,起到让人恢复健康的作用。

如果把一只茄子比作一件艺术品,茄蒂就是艺术品的把儿,拎着它,就有一种"提纲挈领"的感觉。离开它,整个茄子都是滑的,容易失手。

茄子还有个好听的名字,叫"落苏",颇有儒雅的文艺气息。这一称呼在陆游《老学庵笔记》里有记载:"茄子一名落苏。今吴人正谓之落苏。"为什么把茄子称为"落苏"呢?其中有一个典故。据传,吴越国王钱镠的儿子跛足,但钱镠十分钟爱这个儿子。而在吴地,"茄子"与"瘸子"几乎同音。这位公子爱吃茄子,但听人家谈起茄子,却以为是在讽刺自己。钱镠心里也不好受,后来他看到茄子的形状很像挂在车马、帐幕上的流苏,只不过是落下来的,于是便称茄子为"落苏"。江南百姓体谅钱镠的苦衷,大家一起把茄子称为"落苏"。仔细品咂,"落苏"又有一股武侠的气息,似是一位剑客的名字,这样想着,茄蒂就应该是这位剑客头戴的斗笠了。

茄子的种类很多,有的是紫色,但茄蒂呈墨紫色,也有人称这类茄子为"黑将军"。也有茄子是紫色,而茄蒂是青色的。更令人称奇的是,有一种茄子是雪一样的白,茄蒂则是青色的,这类茄子像极了旧时的书生,一袭白衣,也像是《三国演义》里的赵子龙,一袭白袍，俊雅到迷人的地步。而那茄蒂，就是赵子龙征战沙场的头盔了。

茄蒂其实也可以炒菜，味道也不错。而且经了热、见了油的茄蒂，绵软得一如香菇，吃起来别具一番风味。这么好的一道菜已然被人忽略了。

这样说来，茄蒂是上得厅堂，下得厨房，救得了病人，杀得了痈疮。万能的茄蒂！

烧一锅羊肉汤，慢煮北风

农历十月，皖北天地间已经相当冷了。昨夜，北风从窗台上溜进来，给人一种寒冷压境的恐惧，我裹了裹被子，不知怎的，竟然饿了，突发奇想：这时候若有一碗羊肉汤该多好。

想起少年时喝的羊肉汤。

古人云："羊大为美。"在乡村，羊也是美的，它的美，不仅在于价值（一只羊至少可以卖上千余元），更在于羊肉的美味（这样说似乎又有一些残忍）。所以，我们还是抛弃宰一只羊的过程不说，单说烹饪羊肉的那份焦灼和期待。

羊肉用水洗净了，按照部位分成块状，羊排腌制后用来烧烤，羊腿可以和胡萝卜一起烧，羊腩最宜用来煮汤。

羊腩切成小块儿，与生姜、大葱、干辣椒一起翻炒几下，加入水，就开始煮汤了。

我一直觉得，一切美食都是由头，都是为了辅佐某种快乐而存在的。刨除美味以外的快乐，羊肉汤在锅内煮着，锅灶里火舌嘶嘶作响，锅灶内咕嘟有声，羊肉汤的香气四溢，一家人说着今年的庄稼收成，展望着来年即将过门的儿媳妇、要出生的孙子孙女、嫁出去的闺女……这才是真正的喜气洋洋。

也有邻居闻到香味来串门的，无非是要讨一碗热汤喝喝。乡下人就是这么实在，想吃你家的，到了饭点儿也不说走，你盛上饭来，举筷就吃，伸嘴就喝，这才是真正的关系融洽。同样，他家做了什么好吃的，隔着墙，娃娃一样绕过去，吃饭吆喝一声，我在阿毛家端上碗了！

煮羊肉汤不能急，羊肉不易熟，要猛火攻、文火炖。这个过程，通常我会掇一只凳子，搬来一只小椅子，展开作业在上面写。作业写得差不多了，看到母亲准备了茴香、胡椒粉之类的佐料朝汤内撒，我会一跃而起，嘴巴里馋水四溢。

羊肉好吃，汤更好喝，最能下馒头。小时候，每每家里煮了羊肉汤，拳头大的馒头自己都能吃两个，直吃得浑身冒汗，额头上都有了光彩，放下碗，呼朋引伴地去玩耍了。

除了羊腩，羊龙骨也不错。羊龙骨也有人称之为"羊蝎子"，就是羊的脊骨，这部分区域用来煮汤亦好，煮过以后，骨上的肉以及骨髓都是上等的美味。你想呀，单纯的大肉块吃起来有什么意思，还是要带点儿脆骨，吮一些骨髓，让人大呼过瘾。

然而，在宋代，羊龙骨是不受待见的，宋人认为，没有东西吃才会吃羊龙骨。他们哪里知道羊龙骨的美味？苏东坡是绝顶的美食家，他自然知道羊龙骨好吃。他在惠州的那段日子，由于条件限制,不能像权贵们一样大块吃肉,就煮一些羊龙骨来食。

有文记载:

惠州市井寥落,然犹日杀一羊。不敢与仕者争买,时嘱屠者买其脊骨耳。骨间亦有微肉,熟者热漉出,渍酒中,点薄盐炙微燋,食之。终日抉剔,得铢两于肯綮之间,意甚喜之,如食蟹螯。率数日辄一食,甚觉有补。子由三年食堂庖,所食刍豢,没齿而不得骨,岂复知此味乎?戏书此纸遗之,虽戏语,实可施用也。然此说行,则众狗不悦矣。(《晴川蟹录·杂说》)

很多人借此说是苏东坡洒脱,我觉得是东坡先生智慧,且会吃。可以煮汤,可以吃肉,还能食髓,羊肉哪能和羊龙骨相提并论?东坡先生不愧是千古第一饕客。

唢呐班子里的那些乐器

唢呐班子这样一种行当，越来越没有原来的味道了。

原来是纯粹的乐器组合，唢呐班子的艺人们在东家的门前，摆好一张桌子，从乐器箱子里依次拿出唢呐、芦笙、二胡、鼓、钹儿、铙儿、扬琴……

唢呐一般是吹鼓班子里的王者。办喜事时，把新娘子迎进门来，一曲《百鸟朝凤》是永恒不变的主题。百鸟众星捧月，新娘也是众星捧月，一曲唢呐就是最好的配乐。

芦笙是唢呐班子里的众乐器的王后。笙的主体是竹子，一丛竹子聚集在一起，很符合中国文人的审美情趣。但是，吹奏乐器的人可不是为了审美，他们是奔着生计来的。簧片震颤，腮帮鼓动，这强大的肺活量鼓足的是对生活的信心。

锣是武官。在众多的乐器中，似乎锣是最具仪式感的。古代官员喜欢鸣锣开道，意思是提醒路人注意，这有些"熊出没"的意思。当然，如今的官员是不会这样做了，连警车开道也不允许了。

锣，在唢呐班子里，是嗓门最大的，也是最能提人精气神的。锣声一响，台下的听众更有精神，就连那个年龄大了饭后打盹儿的老者也睁大了眼睛，不由得鼓起掌来。

鼓是下在唢呐班子里的雨。鼓点好似雨点，鼓手细密地打起鼓点儿，噔噔噔噔……过了这个间奏，接着下一个曲子或唱板，这感觉，好似一场春雨之后，天地万物复苏。

梆子是浑厚的小生。是的，如果把整个唢呐班子里的乐器比作戏曲中的行当，梆子一定是小生，声音儒雅，又透着一股清亮之气。梆子响了，有一搭没一搭的，让人想起"贵人语迟"，看似慢性子，实则是"一板一眼"，次次都敲在节拍上。

唢呐班子就带着这些乐器，走南闯北，这是他们的江湖。

这样的江湖，常常让人想起那些侠客，漂泊在一片水域之上。侠客仗剑走天涯，一舟飘零，走到哪里，哪里就是家。而唢呐、芦笙、锣、鼓、梆子也是吹鼓手们的舟，借此舟以漂泊，找到自己的安身之所。唢呐班子的那些艺人们不也是这样吗，常年奔波于红白喜事之间，成人之美的同时，也维持了生计。

我多次见过那些唢呐班子的艺人们，在完成这家事主之事后收拾乐器的场景，他们的脸上露着笑意，相互打趣着，背着、提着乐器箱子，到下一户人家去赶场。乐器，于我们是欣赏，于他们，似乎可以看成是战场上的兵器。

甜而有节谓之蔗

中秋节前后,秋高气爽,正是甘蔗成熟的时节。走在甘蔗田边,会有一股甜丝丝的气息不时溜入鼻孔,令人心旷神怡。

父亲一直对种甘蔗的人有一个绝妙的比喻,说他们从事的是"甜蜜事业"。的确,种的甘蔗,售予他人,无疑是贩卖了一段甜蜜。

我也多次见那些给甘蔗浇水的农人,也见过那些拉着一板车甘蔗兜售的小贩,他们的脸上都洋溢着甜蜜的波光。我想,都因甘蔗的甜蜜暖化了他们内心的坚冰。

我小时候爱吃甘蔗,才四五岁的样子就爱吃。那时候,甘蔗在农村种植还很罕见,只得哪天大人们心情好了,从镇子上买回来两棵,剥去叶子,按照甘蔗的关节,用刀切成一段段,洗去外面那层白色的粉末,然后就用牙来剥皮。甘蔗的皮极其硬,乳牙不好或者处于换牙期的孩子,啃一节甘蔗常常会把牙齿啃掉。这就是"爱的代价",或者称之为"爱的'节'难"。

吃甘蔗上瘾的人不在少数，我邻居家一个女孩就爱吃，常常一吃就是两棵，所以，她常常烂嘴角。后来，她家种了两三亩甘蔗。甘蔗成熟的季节，他们全家人都住在田里，还会撒上她家的大黄。大黄是一条超级凶的狼狗，一般人是不敢近身的。大黄就时而巡逻，时而卧在事先搭好的茅庵前假寐，唯恐有人偷嘴。由此，也足见人们对甘蔗的珍视程度。

甘蔗何其美好，以至于我写这段文字的时候，舌尖上也是甜的。想起一则故事。

一僧吃甜蔗，吃毕，把甘蔗渣收起来，撒于路上。徒问何故，僧曰：把此甜撒予路上众蝼蚁。徒观僧食毕蔗渣，未有全碎，而反视己渣，碎末也，遂羞愧无地自容。

这是一个关于爱的故事，僧人就连吃甜蔗的时候，也不把甘蔗的汁水咂摸完，还不忘留一些给众蝼蚁，善念存心，堪比甜蔗。

在张岱的《夜航船》里记载了这样一则和"甘蔗"相关的故事——

宋神宗问吕惠卿，曰："蔗字从庶何也？""凡草木种之俱正生，蔗独横生，盖庶出也，故从庶。"顾长康啖蔗，先食尾。人问所以，曰："渐入至佳境。"

一个"庶"字，让人想起"与民同乐"，也让人想到，甘蔗是不分阶层、不分出身的，是人人都能吃到的美味。甘蔗的甜是以天下之甜为甜，是普惠众生的。

甘蔗的甜与糖、甜菜疙瘩都不同。糖和甜菜疙瘩的甜是直勾勾的甜，没有回甘，吃多了还会腌心。甘蔗的甜是悄无声息的甜，是自然而然的甜，是和人的味蕾最为亲近的甜。

写甘蔗的时候，我瞬间想到，有些人就像甘蔗，表面看起来很硬，就像甘蔗皮，处久了，你终将尝到甜头，像甘蔗的内芯。日久见人心嘛。

一根甘蔗，还让我想到，还有一些人像甘蔗，甜且有节，不是糖衣炮弹式的甜，也不是没有内容的甜，更不是毫无节制的甜，甜而有节，有风骨，有气节。

——这就是我们所认识的甘蔗。

挑两篮柿子去赶集

秋天的柿子挂在树梢，若是盯着这些红彤彤的小东西发呆，会恍然觉得已经是夜晚，那些柿子，是满天的繁星。

皖北的秋天，可以吃的水果并不多，柿子是其中一种。柿子的吃法有多种，早些年，最常见的是懒柿和烘柿。

懒柿是懒人的做法——若是怕柿子在树上被鸟雀偷嘴，在柿子尚青时就摘下来，放在一缸温水中，过几个小时拿出来，柿子的涩全然不见，只有甘甜和清脆。牙口好的人特别钟爱此款。

若是牙口不好怎么办？很简单，那就多等几天，把已经黄了皮的柿子摘下来，十几只柿子与一只熟透了的苹果一起放在袋子里，扎口，一周左右，所有的柿子就全熟透了。这种做法叫烘柿。尽管不见火烤，但这样在乙烯作用下成熟的柿子，面软甘甜，插一只吸管进去，就能把所有的汁液吸出来。

柿子成熟了，懒柿、烘柿吃不完，就用扁担挑着，前一篮子红彤彤可人，后一篮子青碧稚嫩，到集市上去卖。多年前，同事李松涛先生就是这样跟着母亲到集市上去，把这两篮子柿子卖了，然后换一些生活用品。

在皖北，到集市上去卖东西、买东西或者闲逛被称之为"赶集"。多年以后，李松涛还能记得当初跟着母亲赶集的样子，那时候他也就六七岁光景吧。母亲挑着两篮柿子，扁担被两篮沉甸甸的柿子压得吱吱作响，两个篮子上下有节奏地跳跃着，他想着马上到集市上就能吃到香喷喷的炸麻花、烧饼夹牛肉，嘴角都流涎水了。

集市还没有到，刚到街角，就能听到喧嚣的人潮，闻到飘香的麻花了。他强咽了几下口水，继续向街心走。摩肩接踵的人流中，一个六七岁的少年，一边用目光搜罗可能会买柿子的人，一边扫描着烧饼夹牛肉的摊点，然后焦灼地等待着前来买柿子的人。如果时光可以有快进模式，他肯定希望可以快进一些，篮子里山一样的柿子噌噌减少，烧饼加牛肉好似长了腿，在向自己小跑了。

那年的烧饼香得让人灵魂出窍，以至于如今已年过不惑的李松涛在讲述这段往事的时候，仍下意识地咽了一下口水。那年的集市，人头攒动，如电影一样，在他的脑海里一遍遍播放，一起重播的，还有母亲用扁担挑着柿子的样子，他感慨良深地说："柿子树还在，且愈加旺盛了，只不过我与母亲已阴阳两隔……"

喂牛

喂牛是一项大工程。

首先，要割草，新鲜的青草，牛吃起来，才能彪悍有劲儿。春夏两季，青草丰足。入了冬，牛就只有吃干草和麦秸的份儿了。

记得有一次去云南，在泸沽湖旁边的一户人家的牛棚里看到了晒干的青草。青草被晒干后，仍在泛着隐隐的青晕，这些青色经过水的淘洗，后被牛的舌尖唤醒了原始的香。尽管是风干的草，却丝毫并不比青草的滋味差多少。

其次，要铡草。对于矮棵的青草倒还好，藤蔓状的青草或者是玉米叶就需要铡刀来铡草。收拾好整整一捆，铡刀掀开，草放在铡刀之间，"咔嚓"一声，一股草香冒了出来，草已经被整齐地斩作两段。如是再三，草被铡成20厘米为单位的一段又一段，这样，牛吃起来才丝毫不费力气。

草铡好了，不能立即给牛吃。要事先准备一缸水，把方才铡好的草放在缸中，用漏网淘洗再三，控水后，才能放入牛槽中。牛一般是比较挑食的，放入牛槽的草它不会立即食用，而是要嗅之再三。若单纯只是草，牛最多吃三口，就走开了。牛用鄙夷的眼神望着准备牛草的人，那感觉，像是在骂那人抠门。

所以，淘洗好的草需要加一些料进去。这些料，好比厨师炒菜放入的佐料和盐巴，没有它们，牛吃得不欢。这些草料一般用麦麸做成，香味四溢，撒在牛槽里的青草或麦秸上，用拌草棍搅上几下，牛就开始大快朵颐了。

我曾多次在外祖母家凝视牛吃草的过程，声音清脆，咕嚓咕嚓……一把衰草到了牛的嘴里总能吃出美酒佳肴的味道。牛吃了草，还会反刍，那样子，显得牛的性格精细无比，牛反刍的过程，甚至充满诗意。

马无夜草不肥，牛也是。我曾和外祖父一起住在牛屋里一段时日。那段时间，那头牛就要生产。在农家，牛生产是大事情，在时间上，又把控不准，很可能是夜间，所以，夜间需要人来看护。外祖父每天夜里两点钟左右，都要起来给牛淘草撒料一次。怀孕的牛，夜间常常会饿。母牛吃不好，小牛犊生下来身体不强壮，就容易生病。

我每次都睡得很轻，但明知道外祖父起来了，自己也不愿睁开眼睛，只听见外祖父淘草时哗啦啦的水声，拌草时棍子与牛槽的撞击声，还有牛咕嚓咕嚓的咀嚼声，继而枕着这样的声音再次入眠。

牛是站着睡觉的,甚至有时候我都怀疑牛什么时候睡的觉,反正只要我从牛屋里睁开眼睛,牛都在用它大铜铃一样的眼睛瞪着我,四目相对,牛端详两三秒会把视线移开,或者吃牛槽中的剩余草料,或者扭头看窗外。或许,牛也会害羞。

文房帖

文房有四宝，曰"笔"，曰"墨"，曰"纸"，曰"砚"。

笔如剑。之所以这样说，是因为很多人都说它是秦朝大将军蒙恬发明的。据韩愈所著的《毛颖传》记载："秦皇帝使恬（蒙恬）赐之（毛颖）汤沐，而封诸管城，号曰'管城子'。"专门为毛笔写这样一篇文字，表明秦王对毛笔的钟爱有加。蒙恬造笔，将军把剑气注入了一管笔，笔就成了文人的剑。那么，后来，很多文人投笔从戎也就显得不那么突兀了。

墨似写在纸上的晕染的烽烟。那些千年的古墨，还有被研制出来的新墨，似老人与婴孩，各有各的妙处。笔走龙蛇，墨似鳞片，所到之处，皆张扬其思想。

纸是文人袒露的心扉。一张好纸，需要历经一年时光方可做成。一个贤达之人也需要终其一生修身养性。纸是用来承载笔墨的心事的。笔墨有了自己心底的秘密，不愿保留了，就要向纸倾诉。笔是竹子做的，墨是木材做的，纸是草做的，说到底，它们还是同宗的亲戚，所以，在一起"相处"，才不会那么生分。

砚是书桌上葳蕤的山。文人们自古寄情于山水，当脚步无法跟随思想的时候，需要用一件事物来折中。砚台就是用来折中的。其实，在砚台上研好的墨也是一个目的，砚是山，墨是山间的水，仁者乐山，智者乐水，多好的雅趣。曾在博物馆遇见一方砖砚，上绘有祥云，且书有文字：上善若水。如此，我试着揣度，这可否看成是砚的心声？

笔筒是笔可以安歇的家。明代朱彝尊在《笔筒铭》中写有这样的句子："笔之在案，或侧或颇，犹人之无仪，筒以束之，如客得家，闲彼放心，归于无邪。"好一个"如客得家"，多好的句子。这样一句话，有一种"船到码头车到站"的归属感。如此圆满的家园，上面被文人手绘以"梅兰竹菊"等表达自己内心的诉求和良好的祈愿。一方笔筒，又多像是一片屋檐。

笔架是文人们夸下的海口。无法搬动一座山，单靠砚台还不足以明志，索性就造一座山来供自己搁笔。笔累了，可以横陈在山上歇息。哪里是笔累了，其实是文人的心乏了，或是文字枯竭，就此在驿站里歇息一下，再行上路，又是好一番纸上春秋。

还有笔挂，它是供笔健身的器材。宋代赵希鹄在《洞天清禄》里写有这样的句子："洗笔讫，倒插案上，水流向下，不损烂笔心。"这是供笔倒立的一种器材，一般做成小型的博古架状、徽派建筑状、屏风状……人须养心，笔须养身，一管竹笔，头顶的毛发是"狼毫、羊毫"，用久了，也需要清洗干净来一次倒立的，水随毫走，笔在笔挂上等于是重新做了一次发型。

我曾无数次地设想这样一个场景，穿越到古代，回到唐宋元明清的某一间书房里，一桌一椅，一笔一砚，不必红袖添香，兀自写着自己内心的句子，累了就伏案而歇，梦里，也有阅微草堂里的各种神怪在与我交谈。

美哉，文房。

下细粉

当初冬的风冷得能把小娃子的鼻涕冻住的时候,我遂想起细粉。

那时候,我还是小娃子,皱着脸,在村子里跑。院子里的木棍上,提溜着一个个重约五十斤的粉坨,这些,都是深秋的时候,用地里刚犁出来的红薯打碎、沉淀做成的。

父亲最害怕我们在粉坨下嬉戏,初冬的冷很可能把兜住粉坨的绳子冻脆,万一调皮的我们碰断了绳子,掉下来,砸住了,可就了不得了。

粉坨干的时候,被卸下来,放在院子里。我常常伸手去捏粉坨上的粉,觉得滑腻腻的,很好玩。父亲知道这样下去不是办法,索性把这些粉坨拉到村子东头的作坊里,交给做细粉的师傅,一天工夫,粉坨就变成了一根根粉丝。

做细粉的工序十分简单。先把那些粉坨敲碎,用水和成糊状。再烧开一锅开水,锅上吊着一只漏瓢,瓢下钻着檀香粗细的小孔,把事先和好的粉糊挖到漏瓢里，不停地摇晃，那些粉糊就婀娜地变成线状，落到沸腾的锅里烫熟。旁边专门有人用大竹筷子把粉丝一抄，放到凉水里，就可以上竿子了。

这些粉丝用剪刀剪成一米左右长，搭在竿子上，竿子的两端系上绳，挂在路边的绳子上晾晒。在阳光明媚的冬日，晒细粉成为乡村一道独特的风景。

下细粉一定要等到上冻。凛冽的北风加上霜冻，能够让粉丝晾晒得笔直且干爽，便于储藏，一直可以吃到第二年春天。吃不了的，再放上一年，也不打紧。在皖北，一户农家，一冬天若有几十斤粉丝，就不用发愁了。故而，有"粉丝上楼（码成一层层），今冬不愁"之说。

一把粉丝可以有多种吃法，皖北乡下，最经典的要数粉丝煨萝卜和粉丝煨大白菜，这两样，均要用猪肉来打底，吃起来才香得酣畅。

近些年，乡间做粉丝的人越来越少了。做粉丝不仅很麻烦，而且很冻手，通常几天做下来，手都冻得像两只气蛤蟆。现在的乡下人也不差两竿子粉丝钱，可是，想吃到地道的红薯粉丝，就难了。

现在市面上所售的粉丝，很少有纯正的红薯粉，多半是被硫黄熏过的，白亮好看，可是对身体无益。或是掺杂了一种胶，百煮不烂，嚼起来像是误把小姑娘扎头的皮筋咬到了嘴里，真可谓"有嚼头，没吃头，落骂头"。上了年岁的人，吃了这种粉丝就要破口骂娘。骂娘又有何用，做假粉丝的人听不见，都被大风给刮跑了。长此以往，不光伤了胃，也伤了肝。

看来，吃食也就旧的好，一把粉丝，一冬美味，想吃得消停，还要亲自动手制作为好。可是，又有谁有这个功夫呢？换句话说，又有谁还愿吃得这份苦呢？

粉丝好吃，可是真难做呀！

有一种大厨叫"焗长"

什么是焗长？也许很多人都会这样问。在皖北的乡间，谁家有个红白喜事，一般都在自己家待客，待客自然少不了美酒佳肴，这时候颠勺子的大厨就显得尤为重要了。于是，凡谁家有事要办宴，首先要邀请四邻八乡有威望的大厨。这种每天专跑红白喜宴的大厨就是"焗长"。

焗长是个什么级别？肯定不是正处级，连个股级也算不上。但是，"一把火"加上一个"局"字，要比局长重要多了，民以食为天嘛，不看重美味，人生还有什么乐趣？

以前我曾专门写文，把"焗长"写成"聚长"，意思是聚会的时候必不可少的一个领头人物，现在想想不对，至少也是指向不明，还是"焗长"准确，一把火，营造了一个局，众人围炉而坐，自然欢天喜地。即便是有了伤心事，一顿美味佳肴，也能把悲伤的程度降低相当一部分。

焗长一般是自己做大菜，还会带上两三个帮手。他们的班底一般是这样的：焗长主勺，一个师傅负责凉菜，第二个师傅负责烹炸，还有一个学徒，负责切菜。班底一般是固定的，谁家有事，只邀请焗长一人即可，焗长接到任务后，自行组建"内阁"，而后开展工作。

第一项工作就是买菜。黎明即起，东家跟着一人，并提供交通工具，早起，能买到最新鲜的蔬菜、肉食和调料等。食材采购完毕，焗长们会自己举行敬厨祖的小型仪式。焗长们会先烧香敬厨祖。厨祖即伊尹，伊尹曾经背着鼎和案板投奔商汤，并以烹饪之说妙喻天下时局，劝商汤讨伐夏，最终霸业一统。伊尹并不单纯借烹饪为翘板，他善于烹饪，还创立了"五味调和说"及"火候论"，是名副其实的"中华厨祖"。敬厨祖仪式完成后，就转入第二阶段：支锅。一般是用砖头垒成一个圆形的锅灶，高一米左右，上面坐上大小不一的铁锅。然后，焗长沏上一壶茶看着，跷着二郎腿，看手下的跟班或学徒切菜、切肉、剁馅儿……等前期工作准备妥当了，焗长绾起袖子出马，一场锅碗瓢盆的奏鸣曲就此开始。

烀肉是一项大工程，也是焗长需要首先解决的工序。皖北地区的人家特别喜欢用"烀"这个字，动感十足，且带有声感。肉切成大块放在锅内烀着，锅灶内咕嘟有声，锅灶外香气扑鼻。焗长气定神闲地望着锅灶，依据火候分别下料，用叉子把大块的肉翻身，烀好后，捞出来。按照所做菜肴的不同，或切片做成虎皮肉，或切丁与其他时蔬烹炒，或直接用高汤来打汤、起锅等，不一而足。

炸，也能在一定程度上反映出焗长的技术。比如炸焦丸子。从粉丝、面粉、鸡蛋的搭配，到调拌，再到丸子的形状，什么油温下锅，最终做出来的丸子口感都不一样。技艺精湛的焗长多是净手后，抓起调好的料，手掌攥拳的力度不同，"生丸子"从虎口挤压出来的大小也不同，要匀称，力道很重要。一道美味的焦丸子汤，其中丸子焦酥可口、汤香鲜诱人是重要的衡量标准。

煎炒烹炸，样样都要精通，方才称得上是一位好焗长。除此之外，菜肴出锅的速度也尤为重要。皖北地区，人人皆好客，遇见个红白喜事，少则十几二十桌，多则五六十桌。这就对焗长的烹饪效率有很大考验。经验丰富的焗长，懂得看人下菜，不差分毫，既能照顾到宾客，又能帮东家节约食材。反之，对东家来说，则是"贻害无穷"。祸害粮食，浪费食材，本是一项替东家分忧的活计，最终成了忧心，下次谁还会请你？

旧时的焗长是不要钱的，东家自然也不会慢待，一般给一些烟酒，更久远些，或是给一些粮食。红白事的正席那顿饭，东家还要出来封礼敬厨，唢呐班子跟着，仪式感很足，足见对焗长的礼遇。如今，很多焗长已经变成一种职业，连租赁的瓷器、桌椅、保洁等一应承包了下来，商业化越来越浓了，东家是省心了，但那份远久以来传承下来的仪式感弱化了，总让人有些遗憾。

"饱经风霜"的红薯叶

霜降了,放眼乡村,万籁霜天里,庄稼颗粒归仓,土地平旷,一垄又一垄的红薯地里,有一两个如豆的身影。她们,是摘红薯叶的老妪。

霜打过的红薯叶,由青碧色转为黝黑色,让人想起"饱经风霜"这个词。心里装着这样一个词,再看到摘红薯叶的那双皱纹纵横的手,以及结着霜垂头丧气的叶子,岁月似乎从浮生的身上碾压过。无论是动物,还是植物,抑或人,都没有逃脱。

摘红薯叶的老妪,她的半生似乎也和这红薯叶差不多。曾经的芳华不再,人老珠黄,但她的心底却是殷实的、安宁的,有着一种经霜的美丽和魅力在。

霜降以后的红薯叶,被老妪摘下来,拿回家,放在院子里晒干,可以用来下面。面,一定是老妪亲自擀的,有小麦面,有高粱面,也有豆面。事先准备好肥瘦均匀的羊肉,切丁,与葱花、姜丝一起爆炒,炝锅以后,放水,煮沸,下面,同时,把事先洗净的红薯叶放进去，霜打的红薯叶佐以杂面条来煮，有着饱经岁月风霜的香。红薯叶的香气挥发出来，面条逐渐煮出了糊糊，老妪用勺子舀起来，尝了一口，眉头舒展，而后，盛出来羊肉炝锅面，供儿孙们大快朵颐。

我曾经设想过这样一个瞬间，老妪把炝锅面端到儿孙面前的瞬间，她的手从儿孙们眼前闪过，看到褶皱如老树皮一样的皮肤，鼓起来的血管，儿孙们是怎样的心情？端过饭，老妪先不吃，系着围裙站着，看着儿孙们吃，满意地、笑意盈盈地立着。那感觉，好似老麻雀捉来了虫子，塞到还是黄口的雏鸟嘴里，看它们满意地享用自己的劳动成果。

霜打的红薯叶，在皖北，被称之为"黑寡妇"。那些摘红薯叶的老妪，也有一些在年轻时就已成了寡妇，她们，操持着整个家庭，一路艰辛地度过岁月。

霜降芋叶肥正美，蓦然回首，那个摘红薯叶的老妪，却已垂垂老矣。

第四辑

碎念物语

端午，赠我一枝艾

在端午这天，读唐明皇李隆基的诗句"当轩知槿茂，向水觉芦香"，陡然觉得，在唐代，帝王也是才华横溢之人。李隆基这样一位盛世里的帝王，怎会在端午写出"向水觉芦香"这样的句子？是受了杨贵妃的爱情滋润吗？

一片小小的芦叶，惹得帝王垂怜，也同样引得万千平民百姓喜欢。

在乡村，农历四月底，水岸边就来了许多采芦叶的女子，她们有的划着小船，有的索性绾起裤管直接下到水里去采。乡下人也是很雅的，他们从来不说"拽""拉"，而是说"访"。访芦叶，是对芦叶的尊重，也是对水岸边这些"思想者"的尊重。毕竟有一位诗人说"芦苇是水边唯一站立的思想者"嘛，因为，芦苇们多数会随着光阴推移，在秋风里白了头，都是思之极深所致。

访回来的芦叶，洗净了，放在竹篮里控水。这时候，母亲们或是祖母们多数会把事先浸泡好的糯米拿出来，与红枣、葡萄干一起备好，然后，一片片芦叶在她们的手中上下跳跃，芦叶如襁褓，糯米、红枣、葡萄干是孩子，包成一个个三角形状，用棉绳一捆，粽子就做成了。

包好的生粽子放在屉上蒸上一个时辰，一股股甜香就顺着笼屉跑出来了。这通常是一年才能享受一次的美味。少不更事时，我们甚至不知道为什么吃粽子，后来，上了学，才知道是为了纪念伟大的爱国诗人屈原。

我六七岁的时候，母亲开始告诉我，包粽子的时候，一定要放上一颗红枣。我问母亲何故。母亲说，红枣代表着屈原一颗万世不改的赤子之心——那就是爱国。

老实说，当时的我听不太懂母亲的意思。后来，母亲每一年都讲，我也就心领神会了。

仲夏，日光一天长过一天。清晨，菜市场里人头攒动，通常看见大爷大妈从菜市场出来，除了手里拎着自己买来的鸡鸭鱼肉和青菜，还会拿着一束艾草。艾草有驱蚊虫的作用，夏日里蚊虫最盛，所以艾草一般悬于门头上，令蚊虫不敢靠近。

其实，艾草不就是香草吗？据说，屈原喜欢佩带香草。原来，我们在端午所进行的每一项活动都隐隐约约地和屈原相关联。

同样是爱国诗人，文天祥与屈原应该是惺惺相惜的。

700年前，南宋文天祥在端午节写了一首名为《端午即事》的诗——

五月五日午，赠我一枝艾。故人不可见，新知万里外。

丹心照凤昔,鬓发日已改。我欲从灵均,三湘隔辽海。

所谓故人,我们不妨理解为与文天祥跨越时空神交的屈原。英雄惜英雄,诗人怜诗人,在端阳,何其美好!

端午时节,榴花如火,开得真好。让人想起唐代殷尧藩的诗句:榴锦年年照眼明。

人在榴花前立着,瞳仁也被照得明亮,这些生命力旺盛的花朵,通常能带给人无边的希望。榴花似锦,那是最好的年华,我们在这样的日子里,手持香粽,佩戴香草,心里念着一个伟大的诗人,这不就是端午原本的样子吗?作为一个中国人,除了这样过端午,真想不到还有什么别的更高明的方式。

附记:也恰逢端午,读到王祥夫的散文,看到他在收藏的古镜上发现"五月五日江心水做镜子",五月端午,这一天,取江心之水来做一面镜子,赤子之心可表,日月可鉴。

瓜瓞绵绵

"瓜瓞绵绵"这个词,我以前常见,但不求甚解。屡次见,久了,就要追寻一下其寓意,这一追究,内涵铺天盖地,如瓜瓞一样,绵绵而来。

瓞,这个词,由"失""瓜"两个字组成,古人往往习惯从右向左念——失瓜。什么样子的瓜容易"丢失"呢?中国有个词叫"漏网之鱼",意思是小鱼,那么,瓞,就应该是小瓜。

我不知道别的地方怎么念,在皖北,瓞被称之为"马包蛋子",也被称之为"马炮",是一种很小的类似于西瓜状的小瓜,通常一根藤蔓上能结七八个,故而有"瓜瓞绵绵"的寓意。

马包是小时候常常玩的小东西,它们一般都被农人当成杂草除掉,有一些漏网的,多半藏在庄稼的角落里或者是杂草丛中。马包分苦和甜两种,苦的多半被我们用来拿在手里揉搓着玩耍,马包的皮异常有韧性,揉搓半天也不会烂掉,深得小伙伴们的喜欢;甜的一般呈金黄色,摘下来,放在溪水里洗净了,直接撂到嘴巴里吃掉，香甜可口，令人垂涎。

我曾经多次掰开一只马包来看，里面的籽众多，由此可知，马包不光"兄弟"多，腹中的"子孙"也多，故而，"瓜瓞绵绵"所表达的那种一根藤蔓上结了许多个小瓜的样子，非常讨喜。后来，瓜瓞被引申为子孙满堂、硕果累累等寓意，全因了它的形色。

后来，我读《诗经》，在《大雅·绵》里有"绵绵瓜瓞，民之初生，自土沮漆"的句子，《大雅·生民》里也有"麻麦幪幪，瓜瓞唪唪"。这些句子所提及的"瓞"的寓意可大可小，小则针对"家"，寓意子孙满堂；大则针对"国"，寓意"兴旺昌盛"，总之，都有吉祥美满的寓意。后来，看到南宋画家韩佑的《螽斯绵瓞图》，让人异常欣喜。画面上浅草青青，绿叶茂盛，瓜蔓绵延生长，小瓜滚圆，看似就有香气冒出来，引来两只蝈蝈想吃熟透的小瓜。这幅画含有子孙众多的吉祥寓意。

中国人向来是喜欢凡事讨个好彩头的，瓜瓞绵绵就是最好的表现。

写到这里的时候，想起我幼时的邻居。他家孩子多，五六个，而且不隔年，都是一个比另一个大一岁。那是 20 世纪 80 年代，穷到没办法的时候，孩子的母亲对父亲说："瞧，我早说了，不要这么多孩子，你偏不听，看看这一院子娃，像马包蛋子一样，什么时候能熬出头……"

净水泼街待故人

看家乡的旧志,读到宋真宗莅临亳州一事,净水泼街,黄土垫道,以示崇敬,顿觉古人的仪式感做得很足。

宋朝时,亳州距离开封水路也就是三个小时的路程,一道圣旨下来,亳州城区乃至北关街区就开始忙碌了。从花井崖里打出来的清洌之水,从沙土地里掏出来的黄沙土,先是用黄沙土垫平路面,看上去一片金黄,远远望上去就有皇家的威仪感,想必在皇帝未涉足之前,平民是不让走的。只有少数的"工作人员"可以手端铜盆,清水泼街,压去尘埃,静待君来。

净水,在古时候来自深井,或是来自高山。深井是最接近地心的水泉,汩汩涌出的井水,是旧时劳动人民赖以生存的水源。20世纪八九十年代,我少年时犹记得村内有许多井眼,老辈人会把树上摘下来的葡萄、地里摘下来的西瓜沉到井水中,隔一个时辰提上来吃,能感觉冰爽怡人,这些被冰镇的水果,让人从牙齿到舌尖丝丝冒凉气。凉,在一定程度上给人的感觉是干净的,不似热的黏腻感。来自高山的水，人们一般是用来烹茶的，"茶圣"陆羽常用山泉水来烹茶，味道有丝滑的轻盈感，深得茶客们的喜欢。

由此可见，净水泼街，那是给了街天大的颜面，也是给了即将到访的人最高贵的礼遇。

也可以试想一下，若是现在有人邀约朋友，用什么呢？恐怕只有在重大的日子才会用请柬，比如婚嫁之喜。一封请柬发出去，亲朋好友就知道何时何地要举行何事了，也算是有一些残存的仪式感。然而，最近流行一种电子请柬，就是用几张照片组合成所谓的美图，经由QQ、微信等平台发给你，就算是邀约了。还有更便捷的，电子请柬的最后一页直接可以扫码随礼，你的礼金直接进入主人的账户，连红包也可以这样便捷地支付。你若是抽不开身，连婚礼也不用参加了。

优秀传统文化带给我们的仪式感，被我们津津乐道的"黑科技"给渐渐蚕食了。你想呀，在旧时，交通、通讯不发达，我们邀约一个人，是要亲自登门的，或者是央人送去手札。被邀请的人赴约，也须亲往，不然，没法亲致问候。说到最世俗的，你不到，礼金也没有办法交给主人呀！这些事必躬亲的仪式感，逼着我们尊崇古人的礼法，而这样的一种逼，恰恰产生了美感和浪漫，你不觉得吗？

那种突然想见老友一面，提着一只灯笼就去造访的兴致哪里去了？

那种雪夜访戴的情怀在哪里寄存着呢？

净水泼街待故人，这样一种接待何其虔诚，比当下许多接待所流行的奢华酒店、好烟好酒要好得多了。其实，净水泼街并不奢华，也不受条件限制，有钱没钱，还少得了一盆清水嘛。且忙，阶前落叶洒扫干净，门帘撑起来，在门前拿着一本书，边读边等，等的过程，也是一道风景……你不觉得吗？

客至炉上火

今天,家里来了客人,说:"我家里来客了!"而古人就是简约,两字以蔽之:客至。

前不久,我去景德镇,在一个旧货市场上发现一只陶炉,上面有一些斑驳的印记,还有一行字:客至炉上火。

脑海里瞬间闪过这样的场景:客人来了,主人起身给炉子里置炭、添火,煮一壶茶,焚半炉香,或者索性就烟火气浓一些,直接在炭火上架上一口锅,"绿蚁新醅酒,红泥小火炉"岂不大好?

客至,可以喝茶。茶可以是红茶,或许是当季的雨前茶也好,正所谓"客至喜添炉上火,春深共试雨前茶"。或者是没有茶叶,从菜园里摘几朵秋葵花来煮,从竹园里摘一把嫩竹叶,飘出浓浓的草木香,为客人增添几许别样的情趣。

客至,可以煮酒。这时候煮酒,不必青梅,不必考虑世俗纷争,"晚来天欲雪,能饮一杯无?"看见下雪了,就把家里的陶炉收拾出来,烧好炭,酒温好,锅里煮着肉,只待客人来,一起把酒,一起吃肉,一起大快朵颐。微醺之时,雪已经停了,送客出门,尽管夜半,一地的雪却让夜不再暗淡,客人快到家了,心里还装着主人家的熊熊炉火。

客至,也可焚香。唐人冯贽在《云仙杂记·暖香满室如春》中有云:"宝云溪有僧舍,盛冬若客至,不燃薪火,暖香一炷,满室如春,人归更取余烬。"古人的大雅之事,必不可少的是焚香布席。客人来了,焚香布席,摆开一座雅致的道场,三五知己,促膝而谈,鼻翼萦绕的是甜蜜的香氛。正如史梦兰在《全史宫词》所描绘的那样:

连天雨雪朔风骄,金鸭香温炭饼消。
帘卷玉楼人尽望,三千宝帚扫琼瑶。

客至,也可只把炉火生起来。不必煮茶,不必温酒,不必焚香,单单的一只陶炉,炉内窃窃私语的一块块炭火,把整个房间烘烤得暖融融的,岂不美哉?窗外,风雪漫途,室内温暖如春。客至,蓬荜生辉,谈笑间,炉火熄了再换。

客至,也可以什么都不做,炖煮一天烟霞,岂不更妙?想起在遥远的宋朝,有位叫林洪的人,游访武夷山,在雪地里抓到一只兔子,没有厨师会烹饪,隐士止止师告诉他,不妨这么做:"山间只用薄批,酒、酱、椒料沃之。以风炉安桌上,用水少半铫,候汤响一杯后,各分以箸,令自夹入汤摆(涮)熟,啖(吃)之乃随意各以汁供。"风炉加上,火生起来,在宋朝,这就是最美的火锅了。这段故事被记载在《山家清供》里,还给风炉上的火锅取名"拨霞供",真是风雅之至。

原来,一腔炉火,可以做这么多有意义的事情。炉,甚至不必是陶炉,瓷的,铜的,陶的,铁的,又有什么关系。不关乎外表,其内心有着一样温热滚烫的炉火,眼前是一群志同道合的朋友,如此,足矣。甚至也不必在乎主人的酒菜好不好,香料佳不佳,茶叶鲜不鲜,在情谊面前,一切都是渲染氛围的道具。何况,相互辉映的心,内心就是最好的炉火,都是自带道具的。

牌坊：故乡土地上高寿的身影

牌坊的前身是棂星门，多半是为了寓意天上的星宿落到了人间，建造一座石头做的棂星门，以示纪念。比如，曲阜孔庙的第一道大门就是棂星门。

随着棂星门的演变，后来为了表彰人的孝行、贞洁、刚烈、智慧等，分别也仿照棂星门的样子建造，名曰牌坊。也有在牌坊上建有一定建筑的，名曰牌楼。

走进皖北古城亳州，有很多街区门前都有石牌坊。一座座石牌坊，要么是标志着一个区域的入口，要么是单纯的景观，逐渐淡化了原来高大上的寓意，在时光深处越来越亲民。

古城亳州的很多地方以前都建有牌坊，大大小小达百余座，蔚为壮观。比如，在古城东北角华祖庵附近，建有神农衣冠坊，在人类文明的早期，这里曾是神农氏的主要活动区域，且有神农衣冠冢。华佗以神农氏为毕生榜样，后来从《神农本草经》中开启杏林之学，最终成一代神医。遥想当年，神农衣冠坊下来往人群定然摩肩接踵，盛极一时。再比如，在道德中宫附近，有道德坊一座，显然，这是为了纪念道家鼻祖老子而建造。随着岁月的推移，道德坊已经倾颓，淹没在历史的烟尘里。

另有进士坊、经魁坊、廷诤大礼坊，均为明朝大臣、吏部考公郎中薛蕙所立，也有人说是后人为他所立。薛蕙，这个一生铮铮铁骨的人，从始至终不慕王权，敢于直言。正德十四年（1519年），薛蕙因谏明武宗皇帝南巡，受廷杖夺俸，告病还乡。正德十五年，薛蕙再次被启用，然而，他一身傲骨从未改变。明嘉靖二年（1523年），朝中发生"大礼"之争，薛蕙因撰写《为人后辨》等万言书上奏，招致皇帝大怒，被捕押于镇抚司，后赦出。从此以后，他看淡名利，而故乡人却一直记得他的耿直和孤傲，以上几座牌坊就是最好的明证。

旧时，牌坊何其多，如今，留下来的牌坊已为数不多了，有的也成了单纯记录地名的街口标志性建筑，只取其形，摒弃了许多不必要的意义。如此也好。一座牌坊，可以傲立百年，乃至更久。它们是每一个人的故乡土地上高寿的身影。

生活是温热的炉火

1

我曾无数次地回忆起多年前的场景：那时候，妹妹尚且小，父母尚且年轻，我散了学，顶着风雪往家跑，围巾在我的身后飞成了"一"字状，到了家里，往厨房跑，"吱呀"一声，悄悄推开门，父亲抱着妹妹，唱着催眠歌，母亲在灶台前烧着红薯稀饭。我走到父亲跟前，看着刚刚几个月的妹妹，小嘴粉嘟嘟的，已然酣睡。父亲的面前，是一座泥炉子，里面是红通通的炉火。

老实说，那时候，日子并不好过，经常为交学费、买衣服、置办一只手电筒而发愁。但是，我们一家人，围着炉火，脸膛通红，吃着煨南瓜，很开心，很知足。在艰难困苦的日子里，一团炉火，粗茶淡饭，温热了整个家庭。

2

2007年，我大学快毕业的时候，到处找实习单位无果。一筹莫展的时候，在网上遇见了文友牧徐徐。我对他说了自己的苦闷，他邀请我到家里去吃饭，并且约上了本市做媒体的一位老兄。我们一起在牧徐徐的家里，围着炉子，吃他自制的火锅，那顿饭吃得我暖意融融。经牧徐徐介绍，我的实习单位解决了，并且实习期间还能给一定的补贴，缓解了一个穷学生的经济难题。

多年以后，每次吃火锅，我总能想起牧徐徐家的炉火，老实说，那样的炉火温暖了我十余年。

3

参加工作三年以后，结婚在即，却没有一套属于自己的房子。到银行查存款，却仅仅只有五万元。那时候，房价尚且不贵，首付仅需十万元。剩余的五万元，我去哪里筹呢？

能借到的我都借了，第二天就要付款，却还差五千元，眼看着就要难倒英雄汉。唉声叹气之际，出租屋响起敲门声，打开门，是一位多年没有联系的同学。他戴着棉帽，一身风雪，说："听说你四处筹钱，这一万元你拿去应急。"

这位同学家境也不殷实，却在这时候雪中送炭，让我幽暗的心室犹如突然点亮一只火把,瞬间照了个透亮。

新房买好了。我们家乡一般要来人庆贺,我那位雪中送炭的朋友拒绝了我在饭店的吃请,自己带着一只箱子来,打开箱子是一只陶炉,还有一罐子木炭。他说:"出去吃没意思,我们就在你家吃,顺道喝点酒。"

那只陶炉,我至今收藏。每到风雪弥漫的日子,总会拿出来,燃炭,煮水,呼朋唤友地前来家中小聚。

4

生活的确如当下所流行的句子——是温热的炉火,是落在地上不灭的星盏。

石板路是胡同读的书

我一直觉得,那些铺在老街上的一块块青石板,好似一只只活字印刷的字模,青石无言,在万千双脚板的打磨下,磨去了字痕,有了油亮的包浆。

所以,在老街深处生活的人是幸运的,日日行走在这样的石板路上,如行走在千年的古籍册页上,书香盈双脚,整个人生路都是风雅的。

老街上的青石板,不知道来自哪座深山,或许有着万年以上的年龄,甚至来自更遥远的寒武纪、侏罗纪。它们,好似穿越到现在的先辈们,想目睹后代们的生活,就化作一块块石头日日来看。

那个常常背着书包、系着红领巾的是他的多少代曾孙,这孩子喜欢玩玻璃球,小小的玻璃球滚落在石板路上,似滚在先辈们的前额上,惹得先辈们一阵痒;那个常常扎着马尾辫的女孩子,喜欢踢毽子,石板路上的踢踏与跳跃,似给先辈们按摩;那个已经坐上了轮椅的老先生,患有和先辈们一样的高血压,只不过在遥远的年代，先辈们还不知道高血压为何病；那个爱好在石板上蘸水写字的老者，蘸水的毛笔好似在给先辈们画眉……

石板敦厚地铺在老街的巷子里，两侧的建筑已经翻新过一遍又一遍，石板路都见证过。那些被车辆碾过的印痕，那些被顽皮的小子刻过的"小鸡吃米图"，那些刷门时落下来的油漆，那些梅雨季节在石板缝隙里长满的苔藓，都在石板上凝结或留下印记，石板默不作声，承受这个世界带给它的改变，悉数接纳。这又多像是忍辱负重的长者。

更有甚者，有的石板被挖走，做成了户枢，做成了磨刀石，做成了石鼓，做成了石枕，做成了墓碑……石板觉得，只要自己还能发挥作用，处在什么位置似乎也已经不重要了。

老街上锃光发亮的石板，都是一本本无字书。它们的阅历要比我们深厚得多。所以，古人犯了错，是要被罚面壁的，对着石壁发呆，常常可以顿悟、释然，也许，看似冷冰冰的石壁，能在无声之中教会我们很多做人做事的道理。

在故乡城市的北门大街里，有许多磨平了棱角的青石板，巷子悠长，在初春的烟雨里，人走在上面，有一些滑，但是很有味道。这样的一条街，在我学到戴望舒先生的《雨巷》时，曾一度认为他写的就是我所见到的北门大街。后来，早年的开发者不懂得对街区古韵的保护，在整修街道时，把青石板全部换成了砖。这样一来，路是更平整了，但没有了石板的路，也没有了个性。让人想起满世界的星级酒店供应的菜肴，哪有小吃那样具有独特的文化基因呢？

在一定程度上，评价一条街巷古不古老，石板路就是重要的标准之一。建筑是站在路两旁的人，石板路好似展开的书页，建筑在读书，石板路没了，街巷也就没那么多文化内涵可以让人琢磨了，至少是残缺了。

时时醉薄荷

每到初夏,母亲总会从村口的溪水边移栽一盆薄荷在家里。薄荷有清爽的气息,看起来也绿意盎然,讨人喜欢。尤其是到了盛夏,望见它,心里就如同喝了冰镇饮料,格外清凉。

故乡是药都,曾经有遍地的薄荷。像薄荷这样喜湿的植物,多在湿润的环境下生长,又格外奢望阳光,太阳越毒辣,它就生长得越强烈。其实,现在有这么多写"心灵鸡汤"的作者,不妨从薄荷下手,一定能挖出不少薄荷的高尚秉性来。

历数古代诸多诗人,似乎陆游是最爱薄荷的一位。他曾写有多首和薄荷有关的诗词,篇篇透着对薄荷的喜爱。随意拉过来一首《题画薄荷扇》:

薄荷花开蝶翅翻,风枝露叶弄秋妍。

自怜不及狸奴点,烂醉篱边不用钱。

薄荷花开的时候,蜂蝶嬉戏,多好的场景,简直如国画一般美好。在一个早间,薄荷上带着晶莹的露珠,碧绿的底色,耀眼的露珠，单单剔出来一片叶子和一滴露珠，说不定就可以设计成最好的首饰。在陆游的诗作中，似乎还有一些替薄荷鸣不平的意思，这么好的花，怎能屈居篱笆边角呢？我不知道他有没有以薄荷来自比的意思。

其实，陆游还写了另外一首《题画薄荷扇》，这一次同样写薄荷，意蕴上却有了不同。

一枝香草出幽丛，双蝶飞飞戏晚风。

莫恨村居相识晚，知名元向楚辞中。

这次，陆游把薄荷说成是"香草"，他是在揣度屈原所佩戴的香草里一定有薄荷。这首诗同样写到了蝴蝶，且是双蝶。而且，按照第三句推算，这首应该是早于本文上述第一首的，因为，陆游对薄荷有相见恨晚之意。

陆游除了爱薄荷，还爱猫。诗作中的狸奴，其实就是猫的别称。他在《赠猫》一诗中有这样两句："盐裹聘狸奴，常看戏座隅。时时醉薄荷，夜夜占氍毹。"这次又是猫与薄荷"同框"，我知古人常常喜欢画猫与蝴蝶，因为谐音"耄耋"，寓意长寿。

为什么每次都要加上薄荷呢？是薄荷青枝绿叶，生命力旺盛吗？查阅了许多资料方知，薄荷花的花语是"美德"，意思是，不光要长寿，而且要"德艺双馨"，这样才不算是苟活，而是高尚地活着，有风骨地活着。否则，宁愿只留美德，不要耄耋。比如，那个纵身一跃跳入汨罗江的屈原，不就是这样的人吗？

一棵小小的薄荷，牵扯出如此多的延伸意义。意义再多，一般都是人赋予的，即便是绕开这些不谈，单从薄荷的内心秉性来说，也是可圈可点的一类植物。

薄荷不仅可以醒脑，也可以驱蚊虫。早年，乡间有炼薄荷油的匠人，炼油之后排出来的水，我们常常拿桶去接，接来的水用于沐浴，清凉爽肤，甚为怡人。

薄荷亦可以入馔，用鲜薄荷来炖鲫鱼，做出来的汤可以治疗咳嗽，尤其是小儿咳嗽。炎炎夏日，做一道薄荷鸡丝，又可以消暑败火。与此同时，用薄荷叶来泡茶、煮粥均可，能清心怡神，似乎都是夏日备受热捧的饮食。

如此说来，薄荷真能令人沉醉了，想起陆游的诗，"篡改"一句：时时醉薄荷，刻刻有清歌。

疏灯如倦眼

汪曾祺先生在《泊万县》里这样写道:"岸上疏灯如倦眼,中天月色似怀人。卧听舷边东逝水,江涛先我下夔门。"这首诗的前两句真好,让我想到几次外出所遇见的景象。

一次是去乌镇。一开始没说要去乌镇,这个被称之为江南古镇扉页之作的景区,我已经去过三次。这一次去是领导安排的考察任务,考察项目是那里的酒吧。2007年的初夏,我们带着任务从亳州前往乌镇,驾驶员临行前突然患了疟疾,我只得亲自驾车前往。从亳州出发是正午,到南京开了四个小时左右,稍事休整,人和车吃了"午饭"后再出发,约莫两个半小时到达桐乡,夜幕已经降下帷帐。这时候,正是看乌镇夜景的最好时候。

由于太累了,我们进景区后是坐船前往酒吧区的,船娘摇船,桨声欸乃,我侧倚着船舷,打了个盹,双眼迷离时,看到水乡乌镇岸边的集市,有人在观鱼,有人在卖花,有人在边走边看,那一刻,似乎全世界所有的声音都静止了。矮矮的屋宇,飞檐上挂着几盏灯，似乎也是倦意沉沉，这个世界似乎都是充满倦意的。然而，也恰恰是这样的倦意，让人觉得世界不再喧嚣。我眼看着岸边昏昏的灯盏，还有各色人潮涌动，睡着了。等醒来时，已到酒吧区，上岸，吃了一份水果，精神竟然大好。但在返程的路上，怎么看也没有来时两岸的景色纯净、优美。

原来，倦意疏灯可以屏蔽世间的喧嚣与浮华。我想，自己来乌镇好几次了，连店铺里卖紫砂壶的小哥都以为我是带团的导游，前几次都精神倍爽，却没有这一次看得如此真切。人在不同的身体状态下，能感知不一样的风光与景色吧。

还有一次是去丽江。下了飞机，微微有一些高原反应，我坐在中巴车上，车随着盘山公路一路爬行，约莫一个时辰，天色也渐渐暗下来，走到一处补给站，私人开设，上个厕所或者灌一杯热茶也需要缴费的那种。我们下车来，看到主人正在吃饭，停了电，主人家就着一盏煤油灯在喝鸡汤，围着桌子端坐的有孩童，有中年人，还有一个满头花白的老妪，她已然干瘪的嘴巴，丝丝溜溜喝着手里的鸡汤，一阵风把煤油灯吹得东倒西歪。那一刻，我又累又饿，竟然觉得那鸡汤的香味简直来自天上，那桌上的灯火简直胜过城市里所有的霓虹。

这是对比吗？是，也不是。人在倦意深沉的时候，往往会比精力旺盛的时候更能发现生活中所洋溢的美好。这也许就是命途所为我们营造的"饥饿营销"吧！

汪曾祺先生说，江涛先我下夔门。其实，这江河静待的岁月，美永不缺席。在倦意之外，有一种世界驻留的美依然鲜活地存在着，那些美的因子，总是静待每一种状态下匆匆赶路的行人。

苔痕深一寸

梅雨季节一过,墙上的仙人掌就开始龇牙咧嘴地笑了,笑里带着刺,这也许才是真正的笑里藏刀。墙根洇湿了半截,墙头上苔痕慢慢翻绿,这样潮湿的环境,是苔痕们嚣张的资本。不知从哪里跑来一只猫,窜上墙,毛茸茸的爪子把绿绿的苔踩过一道道印痕。

这样的日子,乡村是安谧的。下了数日的雨,没法下地干活,是乡下人最休闲的季节。或是睡个午觉,或是在门槛内嗑瓜子,或是邀几个邻人,打三圈牌九,这都是有可能的。乡间的少年们,要么摘几颗酸枣做游戏,要么相拥而眠,要么胡乱滚在床板上,牛娃的脚丫伸进了刘娃的鼻孔,这也都是有可能的。

人闲草长,苔藓也长。我一直觉得,苔藓都是瞅人不注意,偷偷长的。苔藓是邪性的,小时候,我好长一段时间都怕它,生怕这么黏糊糊的东西里面藏着绿色的恶魔,有时候越怕就越容易出乱子。一次,祖母在堂屋里喊我,我急匆匆地跑过去,跑到墙下一丛湿漉漉的苔藓处,滑了一跤,栽掉了快要脱落的乳牙。幸亏不是恒牙，不然，就被人讥笑成豁牙子了。

忘了在哪里看过一则故事，说是一只蜘蛛被黄蜂蜇了一下，从树上一头栽下来，掉在墙头的一丛苔藓里，它原以为这下子一定完蛋了，做好了死的准备。殊不知，蜘蛛打滚挣扎了几下之后，渐渐地有了知觉，慢慢活动筋骨，一会儿就好了——原来，苔藓解了黄蜂的毒。

苔藓竟然不失时机地充当了一把救命稻草！

我问过做中医的父亲，苔藓真的能解毒吗？父亲为我背了一段歌诀："青苔入药能治病，解毒止痛强胃气，痔疮肛漏烫火伤，鼻炎泻泄和痢疾。"原来苔藓还可以治疗这么多病，我再次走到墙边去看那些绿油油的苔藓，觉得苔藓也不那么可怕了，相反，还有了一些亲昵感。我甚至想着要收集一大袋子苔藓，来给自己做一只枕头。

明知道这样是行不通的，但苔藓在我心里的芥蒂没有了。

汪曾祺曾写过一首诗——

莲花池外少行人，
野店苔痕一寸深。
浊酒一杯天过午，
木香花湿雨沉沉。

这首诗写的也是雨后的环境，透过"少""深""沉"这几个字传达了一种可以听落针一样的静谧。苔痕已经有一寸深了，简直是疯长，我甚至觉得，"苔"这个名字，或许是乡间的疯丫头，赤着脚，赤红着脸蛋，甩着两根油亮的大辫子，有着一种野蛮生长的野性美。

你觉得呢？

突然这样想着，生一个丫头，当男孩子一样养着也好，泼一点，皮一点，一般人不敢欺负她，索性就取名叫"苔"了。

蛙栖

一只小蛙趴在荷叶上,鼓着腮歌唱。

这让我想起,一艘小船停在岸边,水波涌来,船舷与岸边的橡胶码头咣当作响。还让我想起,女儿躺在母亲的臂弯里,撒娇,使性子。

蛙,翠绿色的那种,几乎可以与荷叶合二为一。这样的叶子,是蛙的床,蛙趴在上面才有安全感,才可以放心地看朝阳、赏落日,或者什么也不做,就只是发呆。

有一片荷叶的蛙是幸福的。多好的栖身之所!

这是一只在辛弃疾的词里歌唱过的蛙,停靠的荷叶是宋徽宗笔下的那一片,荷花的旁边是硕大的芭蕉,旁边是幽幽的古琴声,荷蕉听琴,这是一只青蛙的娱乐消遣。

也可能是一只在黄梅时节的雨声里,趴在青草池塘里的蛙,那个名叫赵师秀的人相约的人,左等右等总是不来,眼看着就要到半夜，蛙甚至都等得要睡着了。

更有可能是一只在水满草深的池塘里开着大合唱音乐会的青蛙，在陆游的笔下，一只蛙，又一只蛙，群蛙合奏，"水满有时观下鹭，草深无处不鸣蛙"。

小桥流水闲村，黄莺振翅入林，一只青蛙欢快地叫着，明代大才子唐寅穿行在这样的氛围里，被一只青蛙的鸣叫唤醒，他想起自己的朋友沈石田，便奋笔疾书，写下"小桥流水闲村落，不见啼莺有吠蛙"，那只蛙的叫声穿越纸背，穿越千百年，依然鲜活响亮。

蛙也许是这个世界上把酣眠看得最重的动物。一旦它睡起觉来，把整个世界都放在一边。落了雪，孩子们开始唱起儿歌："小鸡在画竹叶，小狗在画梅花，小马在画月牙……青蛙为什么没参加？它在洞里睡着啦！"此时的青蛙，在一个任何人找不到它的巢穴里，酣睡如诗，等它再次醒来的时候，这个世界已经春暖花开。

夏日，没有蛙鸣的乡村是苍白的，就像一位大牌歌手唱歌的时候没有和声一样。

蛙是乡村的产物，城市里很少见到。夜如墨，蛙在漆黑的中国画式的城市里欢快地唱着，似乎在唤醒整座城市。我看过许多冷冰川的版画，黑白两色，心想，若是他画青蛙，或许会画一片高楼，硕大的一只蛙，瞪大眼睛响亮地叫着，如雷动。

乡村的蛙到了城市，叫声也不一样了，它们一定水土不服。

写到这里，才发现我有贺铸"鼓吹青蛙聊自喜"的意思，青蛙的叫声也许并没有我们想象得那么复杂,也或许并没有我们想象得那么简单。

  萍底青蛙自在鸣。一只蛙,栖息在哪里,在哪里安家,是它的权利。我们希望它栖在哪里,是我们的心灵寄托。

瓦屋生凉

　　暑气压境的日子,人坐卧不安,浑身都是濡湿的,推开门,一股热浪扑面而来,让人只得掩门退守。这时候,若是有一座瓦屋,便是幸福安宁的。

　　瓦屋多凉快呀!一块又一块的鱼鳞瓦码在屋顶上,一层又一层,能够遮蔽大多数的热浪。有时候我想,这些瓦片好似一双双手掌,把漫天压下来的热浪向外推,留给屋内主人一片清凉的世界。

　　平顶房就没有这个功能,光秃秃的屋顶,上面铺上了防水设施,要么是沥青,要么是油毛毡,它们在毒辣的烈日下被晒得吱吱冒油,这类贵族化较为严重的设施,对滚滚热浪是没有丝毫免疫力的,任由热浪袭来,它们只有逆来顺受的份儿。

　　瓦屋一般并不高,也许,你可以理解为,它们距离太阳又稍稍远一些,所以,才会如此凉快。其实,哪里是这样荒谬的理论呢?瓦屋的矮个子,恰恰成全了大树。瓦屋四周的大树开枝散叶,伸开"手臂",蓊蓊郁郁的叶子遮挡了全部的阳光,这对于瓦屋来说,是天生的遮阳伞，紫外线都进不来，也晒不透，瓦屋内自然凉气嗖嗖，舒爽宜人。

有一年盛夏，我去江苏无锡，在一处旅游景点，遇见一丛芭蕉。芭蕉正长在瓦屋前，屋内有一老者手持蒲扇，在煮一壶茶。茶好了，品上一口，去展卷阅读。这种生活，简直爽极了。瓦屋芭蕉，偎窗而读，茶香四溢，凉风习习入户来，这是消暑最文雅的方式。

若是热到了一定程度，落了一场透雨，雨打芭蕉，凉且惬意，雨点砸下来，啪啪啪——一股泥土的腥香充溢鼻孔，瓦屋上的雨帘落下来，一只藤椅，足不出户即可观瀑了。

没有优雅的芭蕉，瓦屋前栽着一棵紫薇也好，花期长而又长，紫薇媚而又媚，瓦屋则是端庄的，静默得像本分的老夫子，不问世事，一心只读圣贤书。心静了，自然凉。所以，瓦屋的凉，有时候也是环境给的，关乎心境，心境闲散或闲适，热浪也不近身了。

瓦屋，有时候给人的感觉是一只只蛰伏的动物，在乡村的巢穴里，在城市的老街区里，生着苔藓的院子，幽静的深宅，安谧的氛围，慈祥的老者，这似乎是瓦屋的一整个"套装"。

若是有年轻的女子出没在瓦屋里，似乎也很妙，一袭棉麻系，手持团扇，俨然是从陈逸飞的画里走出来的女子。

瓦屋，是乡村的子宫。在 20 世纪以及以前的岁月，我们的祖辈多半是在瓦屋里度过的。如我一样的青年人，以及我们的父辈，多半也是在瓦屋里出生的。所以，我们对瓦屋有感情，喜欢望着从瓦屋的屋檐下飞出的燕子发呆,喜欢画瓦屋上的袅袅炊烟,向瓦屋屋檐上有旺盛生命力的小树苗投去惊奇的目光。

　　瓦屋生凉,这是先辈们的恩赐。他们教会我们怎样建造一座瓦屋,并告诉我们如何在现实和心灵的暑气过重时,怎样投入到瓦屋的怀抱去避暑。

为一株曼陀罗平反

我不太喜欢"曼陀罗"这个名字,我倒是喜欢它的另一个名字——万桃花。

我小时候曾多次从曼陀罗的花边经过,一般是敬而远之。这种色彩鲜艳但味道臭臭的花朵,单从样子上来看,白中泛着粉,倒也有一些桃花的意思。做中医的父亲告诉我,凡是散发臭味的花朵,哪怕样子再好看,也不要去触摸。我谨遵父亲大人的教诲,从不敢去摘。

我从不敢去摘,还有另一个原因。父亲告诉我,当年,神医华佗的儿子沸儿就是因为误食了曼陀罗的果子而致死。老实说,现在很多关于华佗的传说都有这个桥段,我倒对此怀疑,如此臭的花朵,尚不可近身,怎能去吃呢?难道沸儿的嗅觉有问题吗?即便是嗅觉有问题,曼陀罗的果子周身带着刺,且刺长短不一,带着臃肿的淡紫色,看起来就瘆人,怎能下嘴?

如此说来,这样一桩冤案,沉冤千年,一直没有昭雪。

我不知道华佗是怎样遇见曼陀罗的，也不知道他是怎样发现曼陀罗的药性的。总之，这绝非是一种偶然。

在华佗故里安徽亳州，华祖庵是依着神农衣冠冢而建的，这里在人类文明的早期就有了中医药文明的萌芽，并随着历史的推进不断发展壮大。华佗也正是在了解了曼陀罗的药性之后，合理搭配用量，发明了麻沸散，并为他日后成为"外科鼻祖"奠定了基础。

麻醉药这种东西，在古代是不被认可的，至少是不容易被接受的。从曹操拒绝让华佗为其麻醉开颅到关公的刮骨疗毒，都是最好的例子。为什么会是这样呢？我想，在那样一个乱世，人们一定是被死亡的威胁给吓怕了，从王侯将相到平头百姓都是。所以，一提到麻醉，人们总会第一时间想到"蒙汗药"，把人麻翻之后，意欲不轨。

用麻沸散的初衷是为了减轻病人在手术时的痛苦，但是，和痛苦相比，死亡的威慑力肯定更大一些。那么，第一个被用了麻沸散的人是谁呢？如今仍不得而知，我想，一定是华佗的一位病人，在华佗再三解释之下才使用。甚至，或许此人就是华佗的儿子沸儿。

也许，沸儿的死，是一次意外，或许是用量过多所致吧。如果真是这样，华佗就更伟大了，为了力排众议，拿自己的儿子亲测麻药，这也许才是麻沸散命名的真相吧。

历史的烟云滚滚而过。我一直猜测，华佗最早和一株曼陀罗邂逅时，一定会叫它"万桃花"。华佗生逢乱世，那个年代，诸侯混战，天灾人祸，"白骨露于野，千里无鸡鸣"。芸芸众生都"生不逢时"的时候，疾病肯定是蔓延的，于是，作为苍生大医的华佗，心里是想着尽快拯救黎民百姓于水火。"桃"这个字，在中国人的文化概念里，和"逃"是相通的。比如，每逢春节，在门上要悬挂"桃符"，寓意"灾祸望见此物，速速逃离"，灾祸退避三舍，幸福与吉祥自然常驻身边。华佗唤"曼陀罗"为"万桃花"，一定是寓意"万众劫难，皆逃于世"，他是本着为万世开太平的美好愿望而想的，至于曼陀罗的药性，只不过是为了辅佐这样一种美好寓意而已。

少时，我家屋后有很多野生的曼陀罗，花开的时候，远观很漂亮，有一种牛奶撒上了草莓酱的效果。花落后，曼陀罗的果子裂开，露出黝黑的种子来，这样一粒粒种子，有一些诡异，生命力却非常旺盛，落地就活，次年生根，会多出一大丛来。

越来越多的曼陀罗花开在一起，这样的曼陀罗花海远远一望，还真有些"万桃花"的意思了……

细雨舔桑叶

看到一句话"细雨舔桑叶",瞬间觉得好美。这种美,只有在乡村生活过的人才了解。

细雨纷纷,如美人的秀发。桑叶是夏日里最绿的叶脉,其实,它也是桑树的秀发。

细雨和桑叶,似乎是一对神仙眷侣。它们在夏日相遇,细雨把桑叶洗得油亮,桑叶映衬出细雨的唯美。在这样的情境里,似乎有蚕,白白的一团,胖乎乎的,在桑叶间吐丝。

故乡亳州自古以来就是桑树的主要种植地,自商汤开始,就有大面积种植。据传,商汤刚刚做了君王,天下大旱,商汤在桑园里筑台祈雨,身穿白袍,背负柴薪,脚下是熊熊火焰,他要以自己的性命来祭天。商汤的义举感动了上苍,顷刻间,雷雨交加,倾盆大雨落下。当然,这不是细雨,却是在桑园,下着下着,终归是要转小的,小雨滋润着天下的良田,桑树发出了新的枝条,哺育着男耕女织的千年文明。

看到桑叶，很多人第一时间想到的是丝织品。

桑叶是丝织品的母亲。

什么苏绣、蜀绣、绢纱，一旦离开了桑叶，就是无本之木。轻纱一寸，费得几晚针脚，也得需要多少片桑叶的成全。

设若在古老的街巷里，有肩上披着轻纱的女子走过，细雨纷纷，这样的雨，虽没有落在桑叶上，其实，也是换一种方式亲吻了"桑叶"。这样一场忘年恋，该多美妙。

细雨如舌，不光舔在桑叶上，也舔在老街的每一块砖瓦上，亲吻着每一位香肩、脖颈、手腕上挽着绢纱的女子，这是天地之间的大爱。

"桑之未落，其叶沃若。"这样一层"沃若"，有多少细雨的功劳？

"氓之蚩蚩，抱布贸丝。"这样一位以买丝绸为借口，希望遇见心爱之人的男子，把桑叶当成了媒人。

"美女妖且闲，采桑歧路间。柔条纷冉冉，落叶何翩翩。"曹植太会写美人了，他非要把美人与桑叶一起来写，一起来衬托，落叶翩然，是在赞誉美人的秀发在飞吗？

"雨过园林，触处落红凝绿。正桑叶、齐如沃。娇羞只恐人偷目。背立墙阴，慢展纤纤玉。"宋代马子严的词，把细雨揉进了桑叶，更是增添了几许柔媚。

……

太多的古诗词描写桑树，描写细雨，甚至是描写清晨的细雨吻桑叶。鸡鸣桑树颠，就连雄鸡也要选择在桑树之上为村庄打鸣，何其聪明且懂得审美的生灵！

　　晨曦初上，微雨初晴，细雨在天色破晓之前已经和桑叶悄悄吻别了。这时候，移步桑树下，看那桑葚的脸蛋儿通红，她一定是害羞了……

野花晚照，猫狗好友

每年立夏以后，我都要到乡下去住几天。

那些青葱的竹林，清澈的沟渠，清新的孩童的面孔，还有扑面而来的清风，让人觉得满世界都是清爽的。

一

竹林是太爷爷那辈种下来的。乡下人并不知道"宁可食无肉，不可居无竹"，但他们知道翁翁郁郁的竹子长起来，可以在夏日去纳凉，细嫩的竹叶可以用来煮茶，有木质的清香，还可以解暑。他们还知道，冬日里，厚厚的落叶可以用来烧火煮饭，在土灶前点燃竹叶，那些干爽的叶子吐出火舌，去舔灶底的时候，有一股飘出来的草木的香味，这样做出来的饭菜似乎味道也纯正，尤其是贴锅巴，甚至可以闻到锅巴里有竹叶的香。真的好神奇。

夏日来的时候，我们会偷偷把大人们的渔网拿出来，找几棵碗口大的竹竿，把渔网用绳子拴在竹节上，人躺在网里，一边纳凉，一边听竹叶沙沙，听鸟鸣啁啾，好不快活。那时候，我们不知道秋千为何物，更不知什么是网络，我们竟然戏称自己用渔网做的秋千为"上网"。

在竹林里睡醒来（一般是被鸡鸣或鸭的呱呱声给唤醒的），我们会一骨碌爬起来，到竹根旁的落叶里去寻鸭蛋或鸡蛋，那些蛋是鸡鸭下在这里的。在皖北的乡间，一般把不在鸡窝或鸭圈里下蛋的鸡鸭称之为"撂蛋鸡"或"撂蛋鸭"，这些鸡鸭多半是被别的同伴占了巢，又急于生产，只得另寻新巢。我曾多次寻到过这些被撂的蛋，带着鸡鸭的体温，甚为新鲜，拿这些蛋来炒，并不腥，十分鲜美。

有一个十分残酷的事实是，这些撂蛋的鸡鸭，一旦被主人发现，是要挨打的，打它们用的工具一般也是竹竿，意思是你喜欢去竹林里撂蛋，我就用这个来打你，看你长不长记性。

在乡下，家禽一般是被看作家小来养的。可是，家禽们哪来那么好的灵气。

我至今怀有对一只鸭子的深深愧疚。

那是一年夏天，我和堂哥一起到房前的沟渠里去钓鱼。印象中，那天，鱼不怎么上钩。我和堂哥就带着鱼竿往家走。据说，用麻油和面，可以做鱼饵，这样能钓更多的鱼。麻油何其宝贵，但是，我一想到鱼比麻油的味道更鲜美，就瞬间说服了自己。

我们跑进厨房，倒了一小勺麻油，正要和面的当口，听见外面鸭子呱呱的叫声,跑出来才发现,那只贪嘴的黑鸭子吞了鱼钩。我恐慌极了,忙拽着鱼钩向外拉,鱼钩上挂着的蚯蚓还在,上面的倒刺勾住了鸭子的舌头,拔出来时,鸭子已经不行了。

我残害了一只偷嘴的馋鸭。

那天晚上,母亲把那只鸭子烧水拔毛,炖了。鸭肉很肥,很香,我却一口也没吃。我觉得,它是因我而死。说不定哪天,它的魂魄要来找我寻仇呢。

二

误杀那只鸭子的那个傍晚,我一个人在门前的沟前发呆很久。

想哭,但眼泪始终没有落下来。

老实说,那天的晚霞很美,水草依依,在水里撒着娇。这些贱贱的草类,生命力何其旺盛,通常才拔出来几天,水面才干净,不几天,它们又重新占领了整个水面。

沟溪边的野花何其多。黄灿灿的蒲公英,在乡间,叫"小蒸馍"。蒲公英稚嫩的花朵,是嫩的,也是清香的,并不苦,掐下来放进嘴里嚼,有甜丝丝的香味。如我一样的乡间少年,一般是一边钓鱼,一边随手掐这些小东西来吃的。

还有鸡冠花。我们钓鱼的时候,有比我们小的女孩子在旁边托着腮发呆,看鱼始终没有上钩,又不敢声张,否则就把鱼给吓跑了,她们就开始找一些鸡冠花或者是商陆的果子,来给自己染指甲。女孩子天生是爱美的,她们总会不失时机地装扮自己,这是天性,情不自禁地就流露出来。

最妖艳的是芍花,通常一垄又一垄的在沟渠边生长,这种被历代文人大书特书的花朵,装点过唐诗,扮靓过宋词,元曲里也有它的娇媚。如今,在故乡,它依然是极具观赏价值和药用价值,被大面积种植。

人们总把芍花称之为"花相","花王"是牡丹嘛。而我,见过许多种牡丹,总觉得它没有芍花美。可能是杨玉环的缘故,某日她走到牡丹前,一株病恹恹的牡丹闭上了花苞,这才有了"羞花"的美誉。牡丹真是谄媚,这样邀宠,换作是芍药,一定不会这么媚骨毕露。

晚霞真美,落在水里,似女孩的一头秀发,在水里洗。绚丽多彩的晚霞,把整面沟渠都映照得通红,印象中,我曾问过女儿:"为什么晚霞满天的时候,溪水会是一样的颜色?"你知道女儿怎么回答的吗?她说:"一定是晚霞的美,让小溪害了羞。"

这也许是女孩的天性吧,总怀着童话般的梦境,看什么事物,心境都像极了现在的美颜相机,自带滤镜效果。

三

我也养过猫。

在乡间老鼠猖獗的时候。

我有时候想想真是奇怪。20世纪80年代，说到印象最深的乡间动物，恐怕最熟悉的两个，一是蚊子，一是老鼠。当然了，它们都不受人待见。

那时候多穷呀，吃一顿肉就算过年。在皖北，做一个乡下人，永远是省吃俭用的，也是自给自足的。凡是吃的东西，都是自己地里产的。隔三岔五逛一次集市，买的也都是酱油、味精之类的东西，和吃相关，自己又不会生产。

老鼠这些讨厌的东西，总是在这样的年月里和人争口粮。

刚刚打下来的麦子，装在尼龙袋里，还没有入粮囤，一晚上，老鼠就能掏个大窟窿，把一两公斤的麦子运到自己的洞穴里。有时候，挖开老鼠的洞穴，仍有许多粮食，已经发了芽，它们还没有吃。

对付老鼠最好的办法，就是养一只猫。

我一直觉得，猫的五官是长得最像人的，而且是俊俏的女人，都是双眼皮的那种。

猫在小时候最好看，刚刚领养的猫，干净，身上没有一丝异味，见到老鼠，也没有扑过去的冲动。成年的猫就不同了，老鼠稍稍从洞穴里探出头来，就有可能被猫锋利的爪子摁住，然后拖出来，在开阔的区域放下，并不立即吃掉，而是逗它。此时那只被逮到的老鼠早已吓得浑身觳觫，骨头都酥掉了。

起初，乡间养猫是有目的的，就是捉老鼠。后来，猫的主要用途发生了变化，猫的地位也有了提高。

猫的地位是它自己挣来的。这些萌萌的小东西，小的时候，孩子们喜欢；长大了，身手矫健，大人们喜欢；等到养了一两年，体态丰盈，喜欢呼呼大睡，且喜欢蜷缩在老人的脚边睡觉。

我曾见过很多次这样的场景，外婆家养了一只花猫，在外婆纳鞋底的时候，它总喜欢偎在外婆的脚边，闭着眼睛，肥肥的肚腩一起一伏，一准是睡着了。有时候，外婆的顶针掉下来，砸到它的爪子上，它睁开眼睛看看，一动不动，继续睡它的大头觉。

一位老人的忙碌，一只肥猫的陪伴，加之外婆坐的那把已经有了包浆的竹椅，还有门槛外那几盆盛开的菊花，一幅"猫肥菊欢"的画面，宁谧如诗。

现在回过头来看，老鼠并没有那么多了。猫的存在，具有一定的装饰性、景观性，猫应该被唤作"猫宠"了。

四

野花一丛丛地开在乡野，繁盛了，又枯萎，"野火烧不尽，春风吹又生"。

小动物们一只只、一头头活跃在乡间，一代又一代，直至现在，说不定它们仍有血亲。

乡间的人见证了一茬又一茬的花开花落，有一些"落花人独立"的意思在，这些花花草草其实也是他们的庄稼，就像那些阿猫阿狗一样，领养了，丢失了，再领养，也是一茬又一茬，乡村的图景里，它们虽不是画龙点睛之笔，但永远都是最安逸的一个闲笔和细节。

有一种热爱叫"混迹尘中"

《小窗幽记》中有一句话叫"混迹尘中,高视物外",我觉得好没道理,既然要混迹尘中,怎能高视物外?混,即沉浸。沉浸,即热爱。都爱了,岂能高视物外?

古人就是理想化。既要在云中,还要在泥中。云泥之别,岂能一线牵?

我还是觉得"泥手赠花"较好。

泥是接地气的泥,手是一双劳作的手,赠是满怀虔诚的赠,花是倾注了心血浇灌出来的芬芳一朵。

有个词叫"厮磨",与它搭配的一定是活色生香的日子。

浅尝辄止不是厮磨,高高在上也不是厮磨,若即若离更不是厮磨。厮磨,就是纠缠在一起,像缠枝莲,你中有我,我中有你。

恋上一条街,就混迹于烟火小馆子里。在小馆子里点你最爱的吃食,喝你最爱喝的地瓜烧或女儿红,这样的人间烟火才是平生该享用的,爱了就要发疯似的喜欢,吃也要吃出情趣,吃出情怀。不必担心别人要找你，寻你不着，一定是你已经醉在街角的小馆子里，这也是一种别人学不来的个性。

爱上一种状态，就混迹于街谈巷议的一丛丛人群中。与临街的老五斗一场蛐蛐，和隔壁的老兄下一下午象棋，同对门的老汉一起在晨曦里拎着鸟笼散步……在老城深处安个家，养一对儿女，做完了课业，信由他们满街去疯，吃千家饭，交三五好友，无论走在哪条街上，随便见一场海侃都能融入其中，掺和得开心随意。

融入一种格调，就混迹于一杯茶汤里。哪管它什么"千秋大业一壶茶"，茶就是茶，和千秋大业有什么关系，有关系的最多的是隔壁大爷。茶即闲适，闲适中的一脉心香，靠茶来成全，靠茶来营造，靠茶来装点。一杯茶汤，三巡以后，整个午后就此消磨，这样的慢生活，这样的小步走入愉悦生活的格调，羡煞个人。

偷得浮生半日闲，到一个幽雅脱俗的地方，混迹于夜色朦胧的一场微醺里。三五好友，对坐而饮。菜不必多，话一定要多，唠叨可以解闷，亦可解毒。生活中的一些阴郁，全在唠嗑中唠没了，心里逐渐雨过天晴，待酒醒之后，心情也被格式化，重新迎接新的一刻的美妙。

长久留住一种温存，就混迹在布衣素食中。常吃还是家常饭，最爱还是粗布衣——这是句老话，却可以奉如圭臬。正所谓"知足菜根香"，人在很大程度上的痛苦是因为你的才华支撑不了你的梦想，或者是你的欲望太多，但你才能的胃口消化不了。所以，人既要活得高大上，有自己的远大规划，也要有自己接地气的生活。理性与感性相佐，知足与恬淡相伴，布衣素食，养生平和，自可益寿天年，愉悦度日。

不管是怎样的生活状态，有怎样的希冀与愿景，都要混迹其中，沉浸而不沉溺，发芽而不发散，在繁盛的人间，过一种有温度的生活，在浮生淼淼中，营造一种有情怀的存在。

如此，足矣。

在老街深处打一眼井

在老街深处打一眼井,是否可以打捞一辈又一辈老街人沉沦多年的梦呓?

故乡小城是建在黄沙淤积的平原上,这座小城里总能尘封很多记忆,这些记忆,包含建筑的基座,碎瓷片上负载的光阴,一层又一层不同颜色的泥土,人用过的旧物件……一眼井打下去,厚厚的土层,汩汩涌出的泥浆,会把很多人的梦呓冲出来,在北风里飘散。

在老街深处打一眼井,是否可以打捞许多埋藏千年的故事?

这座曾养育曹操、曹丕、曹植长大的小城,是不是仍有许多来自散落在泥沙里的建安风骨?是不是还有"何以解忧,唯有杜康"的几缕酒气?是不是还有许多来自全国各地的药材商人封存的些许芍药?是不是还有当年欧阳修在此写下的《卖油翁》几张业已发黄的手稿?

在老街深处打一眼井,是否可以发掘些许来自地心的灵气?

有个词叫"接地气",意思是,很贴近人间烟火,和生活的气息很接近。其实,井水是能接地脉灵气的。千百年来,祖先们一直用井里的水淘米做饭、冰镇水果,可以称得上是最接地气的,也越发有灵气,甚至可以毫不夸张地说:"五千年的文明史至少有一半是被井水哺育的。"那井底住着的龙王,那时常探出身来仰望星空的龙女,是不是也羡慕着人间柴米油盐的日子,并给人间的生活倾注自己无尽的灵力?

在老街深处打一眼井,是否可以提起另一片星辉?

有井以后,造物主就告诉我们,抵达星星的路径从来不止一条。登天太难,不如拎着一只水桶丢进井里,提上来就是另一片星辉。在我所居住的皖北村庄,一般把水桶称之为"水筲",音"捎",也就是水桶的意思。为什么不直接称之为"水桶",一个筲字,饱含多少诗意?也许是寓意捎来井底的春汛与天籁的星宿吧。

在老街深处打一眼井,为什么要选在老街打呢?为什么不是旷野?为什么不是沙漠?为什么不是草原?

如果街巷是走着走着路扳倒在地面上的井,那么,井就是顽皮的,在摆倒立的街道。一眼井,经年不枯,好似一颗明眸,贪恋这人世间,发誓要瞩目永远。

老街,是一座富矿,沉积着千百年来的秘密;老街,也是一眼幽幽山洞,窖藏着多年的往事如酒。

中国乐器

我所遇见的中国乐器，基本上都是从小叔那里知道的。自打我孩提时起就记得小叔在跟着一个盲人学二胡，小叔的眼近视，度数可不低。在 20 世纪七八十年代，城里人的近视是知识分子的象征，乡下人的近视被称之为"睁眼瞎"，犁地会跑偏，牵牛拉粪会把牛引入歧途，弯腰薅草会把禾苗拔掉……所以，小叔没有别的办法，在爷爷的撺掇下，小叔学习了一门乐器，那就是二胡。

一

二胡是最具悲情色彩的中国乐器。我还不知道盲人阿炳的时候，先知道盲人安琪。安琪是个五六十岁的男人，虽然眼睛瞎了，二胡却拉得神乎其神。不知道爷爷托人从哪里找来了安琪，让小叔拜他为师，然后，我们整个村子都飘满了二胡哀怨的旋律。

小叔学的第一首曲子是什么，我已经印象不深了，记得好像是《十五的月亮》。那时候，这首歌多火呀，被毛阿敏唱得满世界都是。小叔咿咿呀呀地拉着《十五的月亮》，一开始断断续续，后来逐渐熟稔。一束马尾，在两弦之间，先是近乎摩擦式的响声，后来变成自在地跳跃，小叔学会了读谱后，第一首曲子拉的就是这首。

二胡这种乐器，长相儒雅，颀长的身材，两根胡弦笔挺地扯下来，下面的胡腔上蒙着一层蟒皮，鳞一样的纹路犹在，为了使胡弦与马尾之间不那么滑，需要涂抹一些黄香。黄香是松香的一种，烧融后，有一股奇特的松香味，抹在胡弦边，马尾如梭，乐曲就飘出来了。所以，二胡演奏的时候，常常是伴随着黄香在尘舞。

那时候，我格外喜欢这种松香味。小叔的眼睛不好，我的任务就是帮小叔融黄香，然后托腮，在屋里听小叔拉二胡。

小叔练习二胡的那间祖屋还是土墙，小叔和师父安琪一整天都关在东北角的耳房内不出来，咿咿呀呀地拉着二胡，耳房东侧就是一条明亮的小溪。小叔除了吃喝拉撒，一心都泡在二胡上，我逐渐从小叔的二胡里听到了思乡之苦、离别之痛，甚至是流了泪。

父亲擦了一把我的眼泪，跑向爷爷，说："爹，你看，俺弟的二胡学成了。"爷爷不明所以。父亲说："看，这是俺娃听到二胡后流的泪。"

我见过爷爷最高兴的时刻莫过于那次。爷爷一生都在跑四川，在那里做药材生意，然而，时运不济，总是赔钱。已过花甲之年的爷爷不再祈求做生意发家，他只希望儿孙有出息，不会成为家庭的负累，就心满意足了。

无疑，爷爷对小叔的设计逐渐成形。小叔逐渐会拉《赛马》

《二泉映月》《听松》……一束马尾,在小叔的手下,拉得或潇洒快意,或沉郁悲凉,蟒皮拉烂了一张又一张,黄香融化了一块又一块,小叔终于和他的二胡合二为一。

二

小叔的二胡学成了,开始跟着乡间的唢呐班子到处演出。学了一门手艺的小叔终于能自己养活自己了。

小叔的性格也开朗了,在演出的时候,他还认识了小婶。小婶是个唱琴书的艺人。琴书,又称之为轻音或扬琴。皖北地区则称琴书为"九腔十八调,七十二哼哼",余韵悠长。

我多次见过扬琴,甚至在没事的时候数过扬琴的琴弦,至今记得有124根,这么多根琴弦,被一只细细的竹篾敲响,竹篾上下跳跃,扬琴发出不一样的旋律。

小婶是个喉咙沙哑的演唱艺人,她在唱琴书的时候,小叔用二胡伴奏,这样一对乡间艺人夫妻的日子过得也算幸福。两个人用演出得来的钱,买了当时最时髦的永久牌自行车,小婶骑着车,带着小叔,到红白喜事走穴。

高兴的时候,小婶带着小叔就唱起来了,经常唱的是《回龙传》,也有《王天宝下苏州》,听得沿途劳作的庄稼人都停下手中的活计,侧目而立。

那时候的乡村,还没有用上电,谁家若是娶媳妇,会事先租来许多汽灯，汽灯擞足了气，燃起来，小婶的扬琴就开唱了。小婶唱扬琴的时候，围拢了许多乡里乡亲，他们用罐头瓶子泡着茉莉花茶，抽着一块钱一包的团结牌香烟，茶喝尽了，烟连抽带散于周遭听琴书的人，不知不觉已然瘪了下去，琴书也散了。

预知后事如何，且听下回分解——这种被说了千百年的结束语，平淡无奇，也是人最不爱听的一句话，吊胃口，意犹未尽，还要憋着一夜的好奇心，待到次日才能揭晓谜底，这就是扬琴的魅力。

多年以后，我做了记者，听到主编说的第一句话就是"故事为王"，不知怎的，我瞬间想到琴书，若是没有那扬琴，光凭嘴说，一定少了太多诱惑力吧。

三

小叔的二胡拉到神乎其神的时候，就决定再学一门乐器。不是因为小叔在乐器方面有天赋，而是唢呐班子需要。

小叔学的第二门乐器是笙。

笙是一种古老的中国乐器，一般由十三根竹管做成，竹管的下面镶嵌簧片，然后把它们按照长短协作，插在笙斗上，上面用皮子或竹子固定好，就可以吹奏了。

笙斗与嘴接触的地方，我总觉得像一只高跟鞋的鞋跟，以至于我第一次见小叔吹笙，狂笑不止，认为他在啃一只高跟鞋。

笙恐怕是最古老的乐器了，据传，自殷商时期笙就开始盛行。笙的设计理念来源于凤凰，笙斗是凤凰的头，笙笛是凤凰的身子和尾巴，笙笛长短不一，最长的约有四尺，吹奏起来，据说也像是传说中凤凰的叫声。谁家有喜事的时候，笙常常被用来吹奏，凤求凰嘛。

我有嘉宾，鼓瑟吹笙。笙又是一种何其高雅的乐器，带着满满的仪式感，用来欢迎贵客临门，用来制造喜庆的氛围。

乐器也是有时令的。古时，笙被称之为"正月之音"，春日里万物萌发，多好的时令，笙歌响起来，让人如沐春风，十分熨帖。

皖北人把笙称之为"黍秸团"，这个带有农耕文明色彩的绰号很有意思，一架笙放在那里，笙笛聚拢在一起，可不就像是高粱的秸秆被捆绑成团吗？既然是团，当然也寓意团结和友谊。

《诗经·小雅》中有："鼓瑟鼓瑟，笙磬同音。""笙磬同音"，用来指人与人之间关系和睦。

我多次见过小叔吹笙的样子，腮帮一张一翕，像极了奶奶做饭时拉的风箱，风箱不就是通过这种方式来鼓风的嘛。小叔吹笙，也是鼓风，是一个村庄最淳朴的风雅颂。

四

既然是中国乐器，哪能少得了唢呐呢。

小叔跟人唢呐班子奔波了十余年，其间小婶怀孕、生产，有了堂弟。堂弟打小跟着唢呐班子耳濡目染，他一周岁抓周的时候，小叔准备好了钱、笔、书之类的东西，堂弟什么都没选，蹒跚着脚步抓住了桌上的一只唢呐。

于是，堂弟长到6岁时，就去学吹唢呐。

堂弟吹唢呐的地方是在故乡的人工渠旁，连绵起伏的黄土地，河渠少有人去，秋风吹遍，芦花白了头，堂弟就这样跟着一帮娃娃兵团，在师父的带领下去练习唢呐。

堂弟经历了所有初学者应该经历的事情，不成声调，挨打，还是不成声调，再挨打……堂弟哭了很久，因为除了腮帮子鼓得疼，还有头疼，头上被师父打得都是疙瘩。

小叔安慰堂弟，挺一挺就过去了，那时候爹也是这样过来的。

直至五年以后，堂弟把《百鸟朝凤》吹得满世界犹如鸟叫，叽叽喳喳的唢呐声把堂弟送出了故乡连绵起伏的黄土地，还有那片沟渠。堂弟也能跟着小叔跑江湖了。

唢呐也有大小，个人理解，小的唢呐一般是喜事用得多，像是一个妙龄女子的声音，是青衣；大口径的唢呐像是一位饱经沧桑的老生，吹奏起来，呜呜咽咽，像是在铺陈自己一辈子吃过的苦，经历过的辛酸往事。

所以，我还是喜欢听堂弟吹他的小唢呐，娶亲听的那种。接亲的队伍才进村子，就要听《百鸟朝凤》，吉祥喜庆，举村欢腾。

堂弟也就是那个沉浸在接亲队伍里制造欢腾的人。堂弟的唢呐上下摇动，可起劲儿了，表演感十足。一旁的小叔看得一脸鄙夷，说:"吹个唢呐也这么不老实。"

堂弟说:"你是老眼光,不懂新吹法了。这叫起范儿。"

堂弟的唢呐吹了多年,也与小叔吵了多年。在这种争吵声中,堂弟创新了别样的吹法,用嘴角、用鼻孔,甚至是用耳朵吹。真不知道声音从哪里发出来的。

中国古典乐器,在逐渐年轻化的演奏者手里,创新了别样的"发声方式"。

五

我上了大学以后,很少回乡村吃喜宴,也很少再领略新的中国古典乐器。

然而,有两个现象摆在我的面前:一是磬儿钹儿铙儿逐渐退出了乡村的唢呐班子,转而变成了电子琴,因为电子琴能同时兼具这些乐器的声音;二是当婚礼司仪出现的时候,甚至连唢呐班子也被压缩了演出空间,转而被婚庆公司代替。

那一刻,我望着新样式的唢呐班子,一辆皮卡焊接后做成的伸展舞台,刺眼的舞台灯光,扭捏露骨的舞蹈,喧嚣的爵士鼓和电子琴,我竟不知道如何听下去……

第五辑

时光步履

陋巷里,折得一枝春

我刚刚搬到老城深处居住的时候,每天都能听到隔壁那对父子的谈话。

"爸爸,大多数的花朵只有春天才有,是因为它们对季节挑剔吗?"

"孩子,不是,是春天偏巧适合很多花开放。"

"爸爸,那是季节对花朵有偏爱吗?"

"孩子,季节从不偏爱某一种花,春有牡丹,夏有芍药,秋有金菊,冬有蜡梅。"

孩子笑了,父亲也笑了。

应该说,这是一对心态阳光的父子,我决心看一看他们是怎样的人。

那一日,我在门前掇了条凳子,拿本书,边看边坐在门外等候。不多时,隔壁的门"吱呀"一声开了,一位中年男子走了出来,看他回过头去似乎在搬动什么,用尽全力,一次没有成功。我走过去，才发现，是一个轮椅，他的儿子就坐在轮椅上，满脸春风。

我愣了一秒钟，赶紧过去帮忙，合力把孩子抬出来。

"叔叔，谢谢您。"孩子笑容可掬。

"不用谢，你真棒！"我和孩子握了握手。

胡同悠长，那样一对父子，迅速地消失在巷子尽头。不知怎的，我始终觉得他们并不像别人推起轮椅那样沉重。我也为拥有这样一家心里长驻阳光的邻居而自豪。

三个月后，我去一所中学讲授写作课。语文老师事先把几篇写得比较有文采的作文交给我，便于我在课上点评。

我从10篇作文中发现了一篇名为《陋巷里的春天》的作文。这篇文章的小作者写了这样一段话：

我身居一条窄窄的巷子里，巷子就是河流，父亲每天推着我，从河流里经过，我的轮椅就是我的船，父亲就是那位船工。没有浪花的一条河，沿途的两岸是高高的墙或人家的垂花门，时而有红梅、蔷薇、牵牛花在院子上伸出来，那些就是汹涌的浪花了。

我瞬间想起自己的邻居，那位坐在轮椅上的孩子。对照这段美得近乎诗意恣肆的文字，我有一种强烈的预感，这一定是那个孩子写的。后面还有一句话——

陋巷之陋并非贫瘠和简陋，而是一池洼地，洼地才能承载流水，才能映照万物。陋巷里，也照样有春天，相反，和开阔的公园相比，这里的春天别有洞天。

我对写这篇作文的孩子特别期待，打算把他的作文在公开课上作为范文朗读。

很快就到了公开课的时间。我边讲课边用目光搜索那个孩子，然而，并没有我那位邻居少年出现，心中有些失落。转念一想，这样也好，反倒证明更多身患疾病的孩子，内心阳光普照，该多好！

我近乎诵读式地朗诵了那篇《陋巷里的春天》，然后，我示意这篇文章的作者举起手来，让大家都认识一下。

然而，并没有人举手。我再次强调一遍，这时候，老师走过来，告诉我，这篇文章的作者没有手，她的作文全部是用嘴巴叼着笔来完成的。

我瞬间出了一身汗，感觉愧对这个孩子。在老师的引领下，我走到了那个孩子身边，是个女孩，脸上并没有尴尬，洋溢着我邻居少年花朵一样的笑容。她说："老师，虽然我无法举手，也没有应答，不代表我在伤心，我一直在笑，希望老师能够通过笑容辨识到：我就是人群中最美的一朵会笑的花。"

我几乎热泪盈眶，一整节课，内心久久不能平静。

公开课结束，在我的提议下，全部学生都为那个笑容像花朵一样的孩子热烈地鼓掌。所有人都觉得，她是花朵，因为，她的心里住着春天。

每一滴春雨都认真地落

春雨贵如油。春雨在早春二月认真地落下,我之所以说它"认真",是因为在我看来,春雨没有浪费的,每一滴雨落下来都是一棵草芽芽,每一滴雨落下来都是一株花朵朵,每一滴雨落下来都是一片春天的气象。

春雨落下,好像是一滴墨滴入了水里,瞬间晕染开了。不同的是,墨晕染的是黑色,而雨,晕染的是花红柳绿。

在皖北乡村里踱步,恍然之间,密密匝匝的春雨像银针一样地落下来,春日泥土的香瞬间升腾起来。田野里,麦苗青碧一片,不多时,上面凝结的全部都是雨珠。在一滴雨珠里看世界,好似另一个浓缩的小天地,这感觉,多像少年时玩过的西洋镜,每一滴春雨都是一幅奇妙的图画。

有一句诗叫"春雨碎长空"。一个"碎"字好有意境,好像是在说,原本冬日的寒冷禁锢了这方天地,需要一滴滴春雨,箭矢一样射破禁锢,把春的消息从天外放进来。如此,春雨之后,天光放晴，满世界的和暖之色朗润了眼前的天地。

春雨也不都是温柔，也有性子急的。宋代黄庭坚说："明日蓬山破寒月，先甘和梦听春雷。"寒月被驱散，春雷声声里，梦也是甘甜的。这时候，枕上听春雷，醒来看雨霁，也可以像梅尧臣一样，"昨夜春雷作，荷锄理南陂"，扛着锄头到南陂去耕作，何等的隐逸快意！

雨润春日，雨，其实是春天的语言。春天用雨的方式来想事情，用雨的方式来和这个世界交流，用雨的方式来滋润朗朗乾坤。春雨含着甜蜜的爱意，和颜悦色地倾诉着自己的思想。然后，我们就看到了春暖花开。

杏花春雨江南，这时候适合去老街巷走走，在春雨里怀旧，想一想昨日时光，念一念那些生命里来来往往的人，看一看儿时玩过玻璃球的长街短巷可还如旧，瞧一瞧那时候偷偷暗恋的姑娘是否依然待字闺中，端着书本在院子里走。

我曾在春雨潇潇里来到乌镇，乌篷船轻轻摇着，船娘咿咿呀呀地唱着，不多时天色将晚，灯光亮起来，桨声灯影里，除了船桨划水的声音，就是春雨的声音，连同小河两岸喧嚣的人潮都给忽略了。春雨的声音，格外让人心灵安静，安静到没有一丝杂音。

上了岸，在西栅的老店里叫上一份玫瑰蒸糕，糯米与白砂糖的甜，玫瑰花做成的装扮物，好似蒸糕的腮红，吃上一口，似乎裹挟了春雨的味道，满身的山河萌动，像是被激活了一般。

朋友圈里，有故乡的老友在老街穿着长衫，在满目春雨里拍照,刘海上凝结着点点春雨,老友在朋友圈里这样注解:"今日春雨落我家,明朝醒来看杏花。"是的,故乡的杏花就要开了,春雨是它的前奏,不知怎的,看到老友的朋友圈,我鼻孔里萦绕的都是故乡街巷湿润的气息……

每一滴春雨都在认真地落,每一颗心灵都在某一个时刻因为一场春雨,记住生命中某一个温存的故事。

白露纷纷落华盖

又到白露了,遂想起夜里悄然凝结的露珠,抑或是从天上直接落下来的,要么就是人在树下走,走着走着,一两滴冰凉的露珠落下来,正中头顶上的发旋处,整个人都被这样一滴凉给冻得一哆嗦。

设若在古代,书生去赶考,背着考篮,一定避免不了要走夜路。宁采臣一样的书生,一定会背着一把油纸伞,可以挡风雨,夜深的时候,把伞撑开,这样的夜路,可以想当然地把鬼神都挡在伞之外,眼不见为净。

脚步匆匆,有漫天的湿气凝结成了露珠,落下来,"啪,啪,啪",书生伸手去接,喃喃道:"是露,前方有户亮灯的客栈,还是去借宿一宿吧。"

伞,在春秋战国时期还是高配。孔夫子周游列国时,曾因没有一把好的雨伞而发愁,去子夏家借,吃了闭门羹。子夏对自己的老师都这么吝啬啊。转念一想,也许是伞太宝贵了。不过,你想呀,旧时，天子出行才寸步不离伞，天子的伞称呼很多，颜色也因朝代不同而有分别。

《周礼·春官·巾车》中记载，王及王后的车辇用"羽盖"，也就是用鲜艳的羽毛做成华盖，罩在车辇上。华盖是祥云游走的样子，后来，这种华盖伞变成了黄罗伞，只有天子可以用这种颜色。到了隋朝，稍稍放宽一些，皇帝和公卿都用紫盖，再次一些的官员只能用青盖。汉朝时候，连青色也不准用了，"三公九卿"只能用黑伞。

难怪古时人们把伞戏称为"高密侯"，实因伞非一般平民阶层所用。

那么，伞什么时候"飞入寻常百姓家"的呢？

宋代陈师道有一首《马上口占呈立之》，诗中有这样两句："转就邻家借油盖，始知公是最闲人。"通过这样两句诗，不难发现，伞已经走进千家万户了。因为，已经可以堂而皇之地借伞，说明，伞不再是皇族或贵族专用之物，家家户户几乎都有，你家的坏了，可以向邻家去借，终归不会让你淋雨了。在白露满天的季节里，再也不必担心有露水打湿你的衣衫。

"伞"与"散"谐音，旧时，在我的家乡亳州，人与人之间是不送伞的，否则两个人之间的关系就"散"了，尤其是情侣之间，更为忌讳。当然，这只是旧时风俗，如今，已多半大改。试想，许仙为白娘子送伞，奈何终成眷属？在宋代孟元老的《东京梦华录》中记载，媒婆说亲时，手里必须拿着一把雨伞，这是媒婆的代表道具，怎会有"一拍两散"之说？

　　伞的繁体字写作"傘"，足见，这样一种事物是人人都想居于其下的，是炙手可热的居家用具。手里握着一把伞，走过晴天、阴天、雨天、雪天、白露满天，一把伞在头顶上罩着，总能给你带来别样的安全感。

大暑忆儿时

转瞬又到了大暑节气,在屋里坐着,什么也不做,汗珠就直向外冒,逃跑一般。

打开冰箱,冰镇的西瓜,拿出来吃上一块,暑气暂时被"封印"。遂想起旧时的长夏,那时候,似乎没有这么热,回忆能冷却一些东西吗?

儿时的大暑节气,家犬大黄在树荫下吐着舌头,蝉在树梢展开喉咙举行大合唱,我们一帮小伙伴,刚刚睁开眼就往地里跑,摘一只西瓜拎回来,放到村口的井里,或者是摘几根黄瓜、西红柿……也用竹篮子提溜着,放在井水里。待到正午时分,吃过了午饭,暑气难耐,就把西瓜、黄瓜、西红柿……从井水里提上来,咔嚓一下,西瓜被剖开,露出鲜红的瓤,带着冰沙,看起来赏心悦目,吃起来沁人心脾。

被井水冰镇的西红柿,似乎要比从地里刚摘下来时还要红,电影《芳华》里女主角吃西红柿的样子那叫一个好看,但那西红柿估计是修过图的。在旧时的乡村，清洌的井水就是最好的修图软件，把瓜果放进去，稍待时间，定当华丽转身，美丽蜕变。

一眼井，在漫漫长夏里，就是一个好冰箱，能够带给我们整个夏季里最好的冰镇瓜果。

大暑，如我一样的乡间少年喜大雨。雨后，可到田间看彩虹。一弯彩虹，是一个乡间少年和童话最为亲近的桥梁，关于梦幻和童话的一切，都经由这些赤橙黄绿青蓝紫的彩练抵达。

彩虹毕竟稍纵即逝，与彩虹一样稍纵即逝的还有地脚皮。这种雨后生长在田间地头的菌类，最大的价值就是炒菜，地脚皮炒蛋是最美味的乡间菜肴。这种长相和味道都与紫菜差不多的地脚皮，是天地间最具有神秘色彩的菌类。它必须生于雨后，又惧怕毒辣的太阳，所以，需赶紧采摘，立即烹食，味道鲜美，天赐佳肴。

云，是大暑天空中最盛产的作物。我们多在午后躺在尚有余温的草地上，嚼着草根，什么都不说，仰头看云，这一朵像是绵羊，那一朵像是狼狗，东边的那朵像是纺车，西边的那朵像是历史教科书中某一位名人的样子……一边说，我们还会一边比画，那是要给云朵勾勒出一个更加清晰的轮廓来。

编蝈蝈笼子应该是大暑节气里最富有创造性的劳动了吧。这个节气的蝈蝈，在燥热的天气里叫得欢畅，它们伏在豆叶上，背上那"两把刷子"有规律地摩擦着，"蝈蝈蝈蝈——"天地间的虫意儿，恐怕也只有它和蛐蛐是以自己的叫声来命名了。这种"奇货可居"的虫意儿，最适宜当作宠物来养。在豆田里捉来了一两只，放在哪里养呢？

散养，放在南瓜藤上，会伤及南瓜的花，或者可能被自家院子里的大红公鸡偷嘴吃掉。这两样都不是我们想要的结果。于是，需要为它造一个家——蝈蝈笼子，用高粱秸秆编的较为便捷，但不耐用。耐用的是竹竿编的，竹竿砍下来一根，以竹节为单位截成一段段，竖着把一节竹节剋开，去除内部的瓤，只保留竹节的外皮来编，这样做成的蝈蝈笼子可以用上两年不在话下。蝈蝈们在这样的"安乐窝"里，安得广厦，叫得就更欢了。

"兰若静复静，茅茨深又深。炎蒸乃如许，那更惜分阴。"这首《大暑》，是宋代诗人曾几写大暑节气的，出奇地好。茅屋深而静，兰花静而幽，这些句子不仅写出了大暑的热，更写出了大暑的静。天气燥热，没有什么特别的事情要做，人索性就不出门了，搬一张竹床朝树荫里一放，且睡一觉。蝉唱它的，蝉噪林愈静；鸟叫它的，鸟鸣山更幽。且眯一会儿，在这大暑的光阴里。

而如我一样的乡间少年，也正是在这样的暑天里，慢慢成熟自己的身体，还有梦想。

心心念念的秋日

早晨上班,走在林荫道取车的时候,一枚银杏叶落在我的背包上,"籁籁"一声响,我望见一枚灿然的叶子划着弧线落下,顿时觉得秋天真的来了。

在皖北,我们一般是把银杏叶称之为"小扇子","小扇子"都谢幕了,初秋蹒跚而来,对于我来说,最好的季节就要到了。天气清爽,满世界开始洋溢渐渐成熟的气息。这样的季节,桂花还没有完全香起来,微微的,让人想起三十岁的女子,"轻熟",知性。

在这样的日子里读里尔克的诗歌,一定绕不开《秋日》,冯至翻译的全文我已经背诵不下来了,只记得最精彩的几句——

谁这时没有房屋,就不必建筑,

谁这时孤独,就永远孤独,

就醒着,读着,写着长信,

在林荫道上来回

不安地游荡,当着落叶纷飞。

我最喜欢第一句,天地有大美而不言,赤橙黄绿青蓝紫,这时候的天地何其美好,何必还需要房子呢?那眼前的黄叶,让人想起这个季节流行的姜黄色衣衫，以及穿姜黄色衣衫的女子。天地之间，茅草的籽粒饱满，鼓胀着饱满的"荷尔蒙"；豆角在架上，肉质变得厚实，这时候最适宜拌了面来炒；肥胖的猫开始慵懒了，吃了午饭就鼾声如雷；邻居家那位精致的祖母开始给孩子煲汤，乌鸡汤给女孩子喝，羊肉汤给男孩子喝，自己则喝一碗银耳莲子羹，说是润肺。

也许太久没有和好朋友通信了。高科技时代到来以后，手写体已经变得弥足珍贵。我想，这时候不妨给远方的朋友写一封信，尽量长一些，把自己故乡的落叶当作礼物装进信封，上面画一张笑脸，这就是自己最饱满的状态。

或者自己什么也不做，就在林荫道上踱步，看菖蒲熟了，鼻孔里飘满草木的香气；看路旁的水塘里，有人垂钓，有一下没一下地甩钩收竿。落叶总是诗意而乐观的，清风徐来，它们就翩翩起舞，不似那些望风而逃的秋蝉，在秋风里吓哑了嗓音。

秋天是多愁善感的季节，里尔克多愁，在这样的季节，每个人都是里尔克，每个人心中都充满诗情。

清晨，母亲从石榴树上摘下一只心形的石榴。这只石榴长在两根树杈之间，是被挤压成了桃心形状。母亲说："看看，受压迫、受挫折的石榴也可以长得这么好看。"6岁的女儿接过话茬说："奶奶，你拿的是秋天的一颗心吗？"

是的，秋天的一颗心。不管是石榴，还是梨子、柿子，甚至是还没有完全退出历史舞台的番茄，它们都是。

——这心心念念的秋日。

芒种记

少不更事时,我一直认为芒种节气,就是"忙种"的意思,后来我才知道这样两个字怎么写。节气是属于乡村的,城市哪里需要节气呢?除了种一些花花草草,和节气的关系也不甚大。节气,是乡村的晴雨表,比如芒种,一到这个节气,我就想到了镰刀霍霍,想起稻香茶暖,想起用线绳捆起来的啤酒,还有变蛋,以及满世界成熟的气息,当然,还有挥汗如雨。

芒种留给我最深的印象是在少年时代。那时候。老屋后园有一大片竹林,芒种时候,正是竹子发新叶的时候。芒种一到,紧跟着就是午收了,大人们在农田里用镰刀噌噌地收割麦子,打场,晾晒,扬去麦糠,颗粒归仓。作为我这样拿不动木锨的孩子,能为家长分忧的就是,到后园里采一些嫩竹叶,洗净了,煮沸,那翠绿的竹叶水,清香扑鼻,是最好的解暑饮品。

我至今记得自己手拎瓦罐,赤脚走在乡间田垄上的样子,那感觉,像是为大人们做了天大的事情,为午收做了地大的贡献。

芒种时节,乡村是布谷鸟的天堂。我想,这些乡间树梢上的歌唱家也真有头脑,明知道麦子熟了,有东西吃了,就飞回北方来。其实,就算不吃麦穗上的麦子,路边撒的麦粒也足够它们享用的了。

江南有"阿公阿婆,割麦插禾"的农谚,说的正是芒种节气布谷鸟的叫声。我有时候想,布谷鸟或许是通人性的,不然,它的叫声怎么会这么和"阿公阿婆,割麦插禾"相近呢?

皖北地区的午收,是一年之中农人最累的时刻,也是农人除春节以外吃得最好的时刻。旧时,啤酒刚刚上市的时候,午收必喝的饮品是啤酒,必吃的食物是变蛋。

变蛋类似于松花蛋,它的做法很奇特。少年时,见母亲从木匠那里收回来一些锯末,把鸡蛋、鸭蛋洗净了,晾干,然后用石灰、纯碱一起搅拌后敷在鸡蛋或鸭蛋的外面,在阴凉处放上一个月左右,直至外面敷着的锯末基本干爽了,敲碎外壳,除去鸡蛋壳,就露出琥珀一样的变蛋。这样的变蛋蛋青脆爽、蛋黄流油,与啤酒一起吃,味道绝妙。若是再映衬午收的场景,在田间地头享用,望着丰收的粮食,乡亲们定然喜笑颜开。

芒种是收获的季节。对于每一位学子也是一样,每逢芒种,恰逢全国第一大考:高考。我总想到学子们是以笔为镰,收获自己在象牙塔的通行证。

芒种里，天气干热，人心也相对容易充满激情。因此，芒种似乎又是收获爱情的季节。在这样的季节里，让人想起裴多菲的诗——"麦子成熟了，每天都异常热烈。等到明早，我就去收割，我的爱情也熟了，我心如火，但愿你，亲爱的，就是收割我的人！"

一枕黑甜

"黑甜"这个词,是有一些幽默感的。天黑了,在枕上,梦是甜的。这是字面解释。字面以外,想着还有许多意味在里面,比如安稳、纯净、自嘲、黑色幽默……

在《围城》里,钱锺书描写了一种名叫"黑甜乡"的东西——

明天早晨方鸿渐起来,太阳满窗,表上九点多了。他想这一晚的睡好甜,充实得梦都没做,无怪睡叫"黑甜乡",又想到鲍小姐皮肤暗,笑起来甜甜的,等会见面可叫她"黑甜",又联想到黑而甜的朱古力糖,只可惜法国出品的朱古力糖不好,天气又热,不吃这个东西,否则买一匣请她。

钱锺书写得简直堪称绝妙,把梦的甜与蜜恋的甜融合在一起写,人生如梦,梦如人生。钱锺书何止写过一次"黑甜"?他还在自己创作的《寓夜》诗中写道:"沉醉温柔商略遍,黑甜可老是吾乡。"一句"黑甜可老",把梦的甜与酣畅写得淋漓尽致。

什么样的梦可以称之为"黑甜"呢?

了无挂碍,沉醉的梦。世间的繁华与落寞,名利与纷扰,钻营与算计,统统远离我,我自荷锄在肩,悠然南山,友梅妻兰,过着恬然自足的日子。夜来入梦,梦里也繁花似锦,我如舟,在花海游荡。

卸下重担,一身轻松的梦。忙碌了太久的一件事,盯了很久的订单,研究了半年的课题,终于被自己拿下了,心里的一块石头落下了。此刻,马放南山,我且睡去,梦里,自己都能生出翅膀,我心飞扬。

夙愿已了,愉悦的梦。看了很久的一件大衣,盯了很久的一个包包,端详了半月的一盆鲜花,终于被自己顺理成章地买了回来。夜半如梦,全是与之有关的愉悦的光景。

宏愿当前,胸有成竹的梦。明天的晋级考试我已经复习完毕,一出马定当凯旋,后天的竞赛我已准备妥当,"万事俱备,只欠东风"。枕着美好入梦,全是收获的场景。

也或许是,三两杯美酒后,得意的梦。大诗人苏轼在《发广州》里写道:"三杯软饱后,一枕黑甜余。"酒可酣畅,饭不可大饱,正所谓"软饱",方可酣睡至黑甜。这符合当今养生学的理论。

一枕黑甜是具有文艺气息的。午后,拉了一天货物在板车上安歇的莽汉的睡,不是"黑甜";娇弱公主的午睡,也不是黑甜;那个在寓言故事里沉睡千年的黄粱美梦,也不是黑甜。前者是累所致的酣睡;中间是娇嗔;黄粱美梦是功利十足的梦呓。

一枕黑甜不是"醉里挑灯看剑，梦回吹角连营"式的壮怀激烈，也不是"黄师塔前江水东，春光懒困倚微风"式的慵懒，更不是"睡觉东窗日已红"式的疲惫。

一枕黑甜一定是单纯的，或者说是通过努力得来的酣眠，就像罗伯特·弗罗斯特的诗句，"树林美丽、幽暗而深邃，但我有诺言尚待实现。还要奔行百里方可沉睡"。这样的沉睡，正可谓"一枕黑甜"。

晚风听暮蝉

就像吃大葱要蘸酱一样,听暮蝉,就要在晚风中。

落日像古铜色老人的笑脸,沉在西山下,伴随着最后一缕余晖,风早就丝丝缕缕地吹起来了。气温不算高,刚刚落了一场雨,雨后的乡村格外安静,人们似乎都还没有从那场哗哗哗的雨喧里缓过神来。就连蜻蜓也不敢飞,翅羽上沾着水,飞起来要格外费力,索性欣赏一下这雨后初晴的天空。

不甘寂寞的蝉已经开始叫起来了。一声,又一声,断断续续。在这季夏的晚风里,有一些英雄气短的意思。其实,我想到了"苟延残喘",但这个词似乎对蝉不公平。蝉毕竟是这个夏天活跃的歌唱家,唱了一个季节,嗓子都哑了,也没有把自己唱红。

毕竟,夏天这个演艺圈太复杂了。各色虫意儿(皖北人喜欢把小个头的昆虫和小鸟称之为"虫意儿")粉墨登场,蝉、蛐蛐、蝈蝈……它们在树枝上、草丛中、豆叶上、南瓜藤上……哪里还显得了蝉呢?况且,蝉一贯给人的印象是聒噪,并不像蝈蝈那样悦耳,也不像蛐蛐那样可以用来撩拨挑逗,时不时从你的头顶飞过,还会撒下一场尿雨,惹人骂。

有时候,我总觉得蝉是一类怀才不遇的人。

如果你遇见它,在它最好的时光,蝉还不是蝉,还是蝉蛹,只会爬,没有蜕去捆绑在身体上的壳。这时候,它容易被人抓来,洗净,炸食,上了餐桌,美其名曰"金蝉"。上了初三或高三的学子爱吃这道菜,有一飞升天、一鸣惊人的好彩头。

然而,这时候的蝉也仅仅是被人蚕食的对象,并没有惹人垂怜。蝉的梦想,说不定一直以来都是做一个歌唱家。所以,它一直在卖力地唱,等待有哪位伯乐能够听见它的鸣唱而把它收入自己麾下,可是,这位伯乐一直没有出现。

蝉是倔强的,从初夏一直唱到夏末,在夏末的晚风里断断续续、声嘶力竭地唱,它们多半是唱了最后一声绝响,然后从树梢上跌落下来,被我们发现时,它们已经成了蚂蚁的美食,或是浑身生了一层霉醭。

或许晚风中的蝉,已经不再是鸣唱,而是弥留之际的梦呓。它对这个夏天仍然抱有一丝幻想,希望自己被人发现,有一种"烈士暮年壮心不已"的豪迈,但是,这样的豪迈有时候想一想,也是一种悲戚。

龚自珍说"万马齐喑究可哀",其实,万蝉齐喑也一样"究可哀"。晚风里的暮蝉,让人想起元曲里"枯藤老树昏鸦"的凄美意境,也让人想起屈原,想起"独怆然而涕下"的陈子昂,想起

"壮志未酬三尺剑，故乡空隔万重山"的李频，想起"落落穷巷士，抱影守空庐"的左思，想起……

夏天就要过去，再来已是秋天。蝉还在坚守着自己最后一丝狂猖，"居高声自远，非是藉秋风"，蝉多像是魏晋时期的文人。

有个画家叫李苦禅，我一直很喜欢这个名字。禅与蝉是同音字，两者有很多相似之处，都是修行。禅是出世的，而蝉却是入世的。禅是放下，蝉是执着。

一只蝉的一生，到底是悲剧，还是喜剧呢？以人观蝉，总难免带着人对蝉的揣度，是个人化色彩。或许，对蝉来说，它的一生都是愉悦的。它从生到死，都在歌唱呀！一生都在歌唱，这不就够了吗？

花有重开日，人无再少年。谁都有垂垂老矣的时刻，唱罢此曲，曰去去，来生还来居高树，一唱刺长空。

一只晚风里的暮蝉，总会让人禁不住思绪连连。

乡村消夏录

过了芒种，大地就开启催熟式的"烧烤"模式了。

尤其是正午以后，走在大街上，鞋底薄的，有明显的灼痛感，若是汽车在阳光下停栖超过半小时，车内温度可以达到50℃以上，更夸张的说法是车辆的引擎盖可以煎鸡蛋。还真有那么做的，只不过是网络上的直播，不知道有没有掺假的成分。总之，那叫一个热！

城市的热岛效应被喊了这么多年，果然是热起来了。在盛夏，我还是喜欢乡村，乡村是消夏的天堂。

土坯做成的房子，厚度可以达两尺，用稻糠、石灰、黄胶泥一叉子一叉子垛上去，每次垛上一米左右，停下来，塑形以后，再继续朝上垛，这样的房屋怎能不隔热呢？加之坡屋顶上的灰瓦，一层层地码在屋檐上，通过各种角度把直辣辣的光和紫外线折射到一边去，人在屋内搬了条竹床来酣睡，尤其是午觉，那种安稳，非一般环境可以比拟。

乡村的静，是单纯的静，除了蝉声、牛哞声、羊咩声、看家鸭鹅的呱呱声，其余并没有别的声响，况且这些动物并不是不停地啼叫，而是间歇性的。这一声鸣叫完毕，我们已经睡着了，在梦里，有繁盛生长的美意。

成群的树阵，是乡村的盖。盖，是古时君王出行时用来遮阳的工具。"五大夫之相秦也，劳不坐乘，暑不张盖"，生活在等级森严的古代，一不小心就有僭越的危险。而在乡村，从来不存在僭越，每个人都是君王，谁家房前屋后能没有几棵树呢？那些槐树密密匝匝的叶子，是最好的阴凉；那些芭蕉庞大的叶子，是天然的遮阳伞；还有细碎的楝树，在树底下纳凉，时不时会有细碎的楝花落下来，给你来一场花瓣雨，何其美妙！

沟渠与水塘，是乡村的天然浴场，也是乡村一枚枚迷人的图章。旧时，乡间的孩子谁不能扎个猛子？在田间，小麦收割完毕，玉米棒子掰到中场，一个猛子扎到水塘里，洗个澡，或是摸两条鱼，还可以从隔壁邻居瓜地里摘个大西瓜扔进去，冰镇一下，人也清爽，瓜也清凉，吃起来，沁人心脾，是绝美的享受。

对于西瓜来说，沟渠与水塘只是去除西瓜表层的热，而水井才是它真正的冰箱。旧时，遍地的水井，把摘下来的西瓜用水筲沉到井水里，冰凉的井水，半个时辰就能把西瓜冰镇到有些冻手的地步。这丝毫不夸张，科技并不发达的旧时乡村，人就发挥自己的主观能动性，发觉井水能冰爽瓜果梨桃，而且捞上来时有一层水珠，鲜着呢，这样的凉与鲜，又在一定程度上增添了水果的甜度，可谓两全其美。

在乡间，穿行的风，是没有负担的。城市高楼林立，会阻碍风的脚步，也可能让风裹挟很多不必要的气息。有一年到避暑胜地承德，承德人都说，承德也热了，原因是有人在风吹向承德的山坳口处建了高楼，挡住了风，气温自然也不比从前凉爽，不知真假。总之，对于消夏来说，风的作用是至关重要的。若是没有了风，乡下人会拿出一把蒲扇来，风来如许，裹挟的是乡间泥土的清香，草木的气味，何其舒爽。而蒲扇似乎又只属于乡村，拿到城市，在写字楼、商品住宅楼、行政办公楼，都有一种"乱入"的感觉，甚至被视作"穿帮"，或者被人称之为"老古董"，就差被看成"外星来客"了。

铺天盖地的草木，是乡间绿的锦缎。平畴沃野，风起于青萍之末，万千禾苗组成绿的营帐，高低起伏，似钢琴的黑白键在上下浮动。绿色，在很大程度上能带给人愉悦感，也能带给人清爽感，抛开草木所能产生的"天然氧吧"不说，单纯是悦目与清心，也足以令人神往了。

当下，许多人都崇尚养生。养生，说白了，就是遵循自然规律的生活习惯，包含饮食，更包含作息，还有一部分是心性使然。若在炎炎夏日谈养生，合理消夏就是最好的养生了。

《淮南子·本经训》有云："四时者，春生夏长，秋收冬藏，取予有节，出入有时，开阖张歙，不失其叙，喜怒刚柔，不离其理。"盛夏来临，吹摇头扇，次日乏力，吹空调，次日头胀，若有闲暇，还是到乡村去，它是离我们最近的消夏圣地。

我一直认为，人与草木在生命的磁场上是相通的，草木生于土地，人生长在草木间，还以草木为食，两者相携相守，天人合一，亲近草木，其实在一定程度上就是亲近生命的本源。而乡村，无疑又是草木的襁褓。

因此，消夏，还是到乡村去。

你在花里，如花在风中

在故乡一条名叫"里仁"的街巷里，遇见一户人家，门脸古典雅致，一对石狮把门，垂花门色彩斑斓，漆黑的大门映衬着住户人家的儒雅端庄。门前有花，墙上有梅枝婆娑，丽日当空，如此曼妙的景致美得摄人心魂，让人鞋底如抹了胶水，无法举步。

我不喜欢拥挤的街巷，人挨着人，摩肩接踵，会夹杂着各色人等的体味和异味，看的也不是风景，而是人头。相反，悠长的街巷，三三两两的人，时而驻足，时而凝望，时而缓步游弋，人在街巷中，好似锦鲤在水中，人亦是风景，而非大煞风景。

譬如，人在街巷中，望着某户人家一对门环发呆，掏出手机对着墙上的某一只花篮拍照，用近乎朝圣式的虔诚摩挲着某一户人家门前的抱鼓石，或是对一片房檐上的瓦当花纹仰望出神……人在街巷，犹如人在画中，有着卞之琳《断章》中的意境。

汪曾祺曾写过这样一段话，很符合上述意境，"如果你来访我，我不在，请和我门外的花坐一会儿，它们很温暖。我只记花开不记人,你在花里,如花在风中。"

是的,"你在花里,如花在风中",这似乎是一个哲学命题,也是一种美学意境。世间的景致不计其数,我们所亲历的却屈指可数,即便你走遍了祖国的山河,但每个季节、每个时令、每一分、每一秒的景致又各有不同,岂能穷尽?人在街巷中走过,在门前坐过,也看花开过,嗅一缕花香入心怀,宛如带走了那家门前的气息,即便是不知道主人是谁,芳华几何,也不要紧。要紧的是,你已经在那样的一段美好里穿行,并成为美好的一部分。

蒲棒峭立过立秋

　　蒲，应该算是比较古老的植物了吧。它长在水边，叶子青碧一片，它的样子曾一度让我想起芦苇，只不过比芦苇更矮一些，多了几许兰的气息。蒲，疏朗、儒雅，似乎可以称之为植物界的君子。

　　后来才知道，蒲与兰、菊、水仙被称为"花草四雅"，放在古代，蒲也应该是最具代表的雅士。蒲周身散发着香气，让我不禁这样联想，如果把从古至今的诗人按照气质都比作草木，那么，含香的蒲应该就是大诗人屈原。

　　蒲的气质何其高贵，就连扬州八怪之一的郑板桥也说"玉碗金盆徒自贵，只栽蒲草不栽兰"，在他看来，蒲比兰还要高贵。

　　五月，被称之为"蒲月"，这个月份，中国民间各家各户都喜欢挂香蒲，屋宇边都飘满蒲香，我喜欢这时候在水边漫步，水的腥、蒲叶的草木香都会被水汽蒸发到岸上，给人以别样的亲切感。那些站在水里的蒲，像是夜里不眠的思想者，和波澜交谈。和偷偷溜过来的一尾鱼、一条蛇、一只青蛙交谈。彻夜不眠的蒲，应该是见证水边的呓语最多、见证日出最早的植物了。

蒲,这样一种被刘玄德编织过草鞋的植物,在群雄逐鹿的世界里,它是绵里藏针的道具,它的性格与刘玄德的性格一样,看似绵软,实则坚硬。所以,我有时候会十分佩服小说家,他们赋予了人物最合适的"道具",用一连串的信息来佐证人物的性格与命运。

蒲是温柔的,而蒲棒却是坚硬的。柔弱的外表下,谁能没有一颗倔强独立的心?

在蒲叶丛中,蒲棒像一根根香肠,散发着植物难有的香气,这是成熟的味道,也可以称之为蒲的体香吧。

犹记得做中医多年的父亲,每每过了立秋,就要把成熟的蒲棒收集起来,用上面的绒毛做枕头,据说,可以醒脑。中医真是玄妙,世间一切的草木都可以为他所用。大地之上,概无闲草。就像世界之上,没有一个人是生来就注定要被闲置的。

我曾见过一位文友,他幽居乡间,读书画画。一次,到他的书房去,他正在读《道德经》,见我到访,他拿起一只蒲棒放在书中间当书签,这的确是我见过的最完美的书签了。

"三尺青青古太阿,舞风斩碎一川波。长桥有影蛟龙惧,流水无声昼夜磨。"这是解缙写菖蒲的诗句,写得诗意恣肆,又大起大落,有别具匠心的美。流水无声,蒲以三尺青色之躯在水边伫立,她是《诗经》之中那个"在水之湄"的人,还是那个为她"君子好逑"的男子?

蒲,还有一个名字:香蒲。"香蒲"听起来就好,多茂盛,多芬芳！古人认为，香蒲有益寿的功效，故而喜欢饮香蒲酒消夏。有诗云："万寿香蒲酒，千金琥珀杯。"杯子，自然是琥珀的最高贵，酒显而易见就是香蒲所酿的最为罕见。

过了立秋，我后背上起了许多湿疹。父亲曾告诉我，香蒲酒能够祛湿。我开始尝试吃薏米粥，喝少许的香蒲酒，后来果然见好。这让我更加佩服博大精深的中医药文化，也让我更加感恩于香蒲。

蒲棒一直峭立在那里，让整个秋天都多了几许阳刚之气。

秋天里的秋千

我很长时间都有这样一个疑问：秋千为什么称之为"秋千"？是秋天出的"老千"吗？才可以让人肆无忌惮地撒欢、快乐。从字面上这样假设，似乎有一些豪赌青春的意思。

翻阅资料才知道，原来，秋千最早的用途是古代作战工具。中国北方有一个名叫山戎的少数民族，他们一般在一块横木上面训练士兵，横木两端系着绳子，让士兵站在上面操练，谁最能驾轻就熟，谁就可以在军队中任要职。

到了汉武帝时，后宫佳丽三千，皇帝哪能个个都能照顾得到，就让人在后宫内装上秋千，供嫔妃们来解闷，还告诉她们，秋千也就是"千秋"，荡秋千可以延年益寿。果然，荡了秋千以后，嫔妃们的怨气消了，后宫也和谐了。心情舒爽，可不就让人长寿吗？

到了明代，不知道哪位医生发现，荡秋千这种摆来摆去的运动可以治疗皮肤病，把身上的疥疮给治愈，所以，秋千又有了一个新用途，那就是"摆疥"。这种做法到底能否奏效，我没得过疥疮，否则，我真想试一下。

荡秋千能祛除病痛，这在五代时期就已有记载。那时，每逢清明，人们就要荡秋千，以荡除病秽、祈福健康，并且荡得越高，把病痛抛得越远。时人写有一首《秋千》诗："阳春女儿笑语喧，绿杨影里荡秋千。身轻裙薄凌空舞，疑是嫦娥下九天。"

写过秋千诗的何止一人？简直数不胜数。就连唐伯虎也曾写过一首脂粉气浓郁的《秋千诗》，描写了两位少女荡秋千的场景。说它"脂粉气"浓，你读一下就知道了："二女娇娥美少年，绿杨影里戏秋千。两双玉腕挽复挽，四只金莲颠倒颠。红粉面对红粉面，玉酥肩共玉酥肩。游春公子遥鞭指，一对飞下九重天。"不过，借此诗句，倒让人瞬间在脑海浮现出两人荡秋千的场景，欢快，恣意，醉了时光。

足见，秋千并不一定非要在"秋天"来荡，但不排除秋天是最好的荡秋千的季节。秋高气爽，刚刚收了粮食，天地间都是欣喜的。这时候，制作一架秋千，在院子里荡起来，呼朋引伴地来玩——这是我童年时期最深刻的场景。

犹记得那时候邻家有一位姐姐，最善于制作秋千，她做好以后还会示范给我们看。邻家姐姐喜欢穿着长裙，秋千荡起来，衣袂飘飘，俨然是从中国画中走出来的女子。后来她出嫁了，每次回娘家的时候，我都要问她："还荡秋千吗？"她每次都捂嘴而笑，说："马上娃都能荡秋千了！"

桑果糕香秋日迟

糕点这种吃食，在古代，最早专供祭祀，后来成为皇帝的私享，皇帝觉得美味，分享给后宫的嫔妃们，在很长一段时间里，一位嫔妃的受宠程度，可以按照分配的糕点多少来评判。再后来，糕点"下放"到民间，成为普天同乐的美味。

桑果，即桑葚。桑果为桑树成熟以后所结的果，呈穗状，望之，果实累累，甚为喜人。在农耕文明时期，桑果一直是绝佳的果品，它甘甜爽口。《本草纲目》中记载，它有"补肝益肾、生津润燥、乌发明目"的保健功效，尤其是夏日来吃，可以消暑，亦可治疗消渴症。

据说，王羲之写《兰亭集序》，一帮文人曲水流觞，吟诗作赋，一手端着酒杯，另一只手里拿着的就是一颗颗桑葚。一颗颗红着脸的桑葚，被文人当成零食来吃。

此等美味只能春夏季享用，岂不遗憾。后来，有人用桑葚做成了桑葚果酱和桑果糕，让这种美味无论什么季节都可以享用。

桑树,被誉为"东方之神木也"。遥想3700年前,故乡谯郡大地上一个崭新的王朝——商朝刚刚建立。商王朝崇尚农耕,沿着涡河两岸种植了大片桑树,在桑林之侧建造了桐宫。商汤王就是在桑林之中祈雨,让上苍普降甘霖,也正是在桑林之中"网开三面"来围猎。与此同时,商汤王还亲自劳作,亲尝桑葚,种桑养蚕,爱桑之至。

翁翁郁郁的一片桑林,夏日里,桑叶沙沙作响,这些青绿的桑叶,是蚕的美味。后来,才有了优质的桑蚕丝,引得陆游在《老学庵笔记》里盛赞"亳州出轻纱,举之若无,真若烟霞"。

《诗经》有云:"桑之未落,其叶沃若。""沃若"二字足见桑叶之繁盛,翻开甲骨文字典,"桑"字是象形字,一棵树,桑叶一层又一层,何其茂盛。也正是这样"沃若"的桑叶为多个行业提供了宝贵的原材料。桑树可以养蚕,亦可庇护阴凉,最关键的是每到春夏之交,桑枝上结满果实,压枝欲坠的桑葚可以立时大快朵颐。吃不完的,带回去封存,为桑果糕储备原料。东汉末年,曹丕曾用桑葚酿酒,每日饮用,这应该是中国最早的果酒了。他还写信给朋友,告知朋友桑葚酒及葡萄酒的美味,多饮对身体大有裨益。

桑葚丰收以后,先做酒和果酱,剩下的就全交付桑果糕了。先把新鲜的桑葚打碎做成果酱,加入少许的糖,搅拌后,加入马蹄粉,封存压制,即可做成桑果糕。味道酸中带甜,有山楂的酸甜,又比山楂多了几重香氛,让人食之,胃口大开。

桑葚早已被国家列入《药食同源目录》。数千年的历史积淀,亿万先辈屡试不爽的试验和追捧，让桑葚真正做到了"红得发紫"。在唐人孙愐所著的《唐韵》中，把桑叶的"桑"字写成"叒"，意思是很多双手来采摘桑叶的意思，足见其受热捧的程度。

写这篇文字的时候，正值金秋，市面上又开始有大量的桑果糕在售卖了。在这样的季节里，泡一杯老白茶，吃一两片桑果糕，看一卷诗书，是惬意无比的事情——这才是真正的慢享生活。

晒秋

秋天似乎是专门为乡村准备的。秋高气爽，感觉天地之间的遮挡物和粉尘颗粒都少了许多，这时候，阳光充足，最适宜晒东西。

房前屋后，晒的全是当季的吃食。吃不完的嫩南瓜，切成片，用土灶锅底的草木灰拌一下，在院子里晾晒，晒至一周左右，外面裹着的草木灰基本被风吹散，南瓜片也卷曲干燥，这种焦干的南瓜片被称之为"南瓜笋"。冬日里，用温水泡发之后，可以和五花肉一起来炖，有笋子的鲜美和脆爽，是只有农家才有的美味。

也有晒酱豆的。在皖北，豆瓣酱被称之为"酱豆"，真是一个可爱的名字，似乎是在称呼邻家那个顽皮的小男孩为"小豆子"。酱豆的做法十分考究，用饱满滚圆的黄豆煮熟了，捞出来，拌上面粉，摊开，放在用高粱秸秆做成的锅盖上，外面盖上一层纱布，放在房间内的阴凉通风处，让煮熟的豆子自然发酵。待到豆子的表面全部生了一层黄色的醭，豆子就基本发酵完毕，这时候放在太阳下去晾晒，晒至自然松弛，外面的霉醭都呈脱落状就可以了。这时候，拿来一只新鲜的西瓜，取其瓤，切成麻将块大小，用白酒、麻油、生姜、糖、八角、辣椒等按照比例放好，调拌匀称，放入坛子内，用塑料布封口，继续放在阳光下晾晒，半个月左右，酱豆就做好了。清晨，拆开坛子，挖出一碗，用藕丁和花生米一起炒制，味道鲜美，开胃下饭，是数百年来皖北农家餐桌上的"主菜"。

除了这些吃食，也有晒农作物的。比如，黑芝麻摊在簸箕里，一粒粒圆润饱满，犹如黝黑的小脑袋在簸箕里晒着太阳，那感觉真叫一个舒服。黑芝麻是晒起来就能闻到香味的，似乎是要晒出麻油来。晒干的黑芝麻，可以用来磨黑芝麻糊，那是很长时期以来，令人舔碗的美味，也是独特的祖母或外祖母风格美食，母亲这个年纪的人做起来都嫌麻烦。

一筐鲜红的小辣椒放在竹筛里晒，也很诱人。最好是在土墙根边，耀眼的红与皖北的土墙形成鲜明的对比，这种淳朴热烈的色彩像极了千百年来劳动人民的秉性。

谷物也是要拿出来晾晒的。在院子里，展开一块大大的油布，把口袋里的小米、高粱或者玉米摊开来晒。细心来听，似乎可以听到谷物吸收阳光的声音。在这样一个季节里，万物都是有声响的，除了满世界的秋虫鸣叫声，就是晒秋场上的声音。

晒秋，与其说是水分蒸发的过程，不如说是一种仪式感。辛苦了两个季节的乡下人在秋日里望着满院子的劳动成果乐呵呵地笑，这是另一种意义上的"阅兵"。

霖雨秋冬诗意生

初冬的一场雨,也可以看作是一座桥,从秋天通向冬天。

从来没有任何一种雨,如冬雨来得干净利落,雨淅淅沥沥地落在地上,也落在枯叶上,最好是银杏叶,雨洗上去,有一股枯叶的香被湿润的气息升腾起来。

冬雨,应该是邻家女孩的名字,不是有个演员叫"周冬雨"嘛。名字好听,也喜素颜,恰恰映衬了冬雨的秉性。人与名往往是天赐的,融合得恰到好处,便浑然天成。

清晨,雨洗石阶,在古城深处的一家小馆子里叫上一份羊肉汤,辣子多放一些,一碗汤,一份烙馍,吃出融融的暖意。吃毕,并不急着走,听汤馆里的汤客们扯闲篇儿,家长里短,大政方针,国际时局,一通海聊。也许,一开始你还是听的,听着听着就望着檐下的雨滴发呆。这样初冬的雨,又是多适合发发呆。馆子越闹,心越静,全因了眼前的这场雨。

在这样的冬雨里,让人想起宋人赵蕃的诗句:"霖雨秋冬接,商飚早晚经。"一场雨,承接了两个季节,秋风呀,一早一晚来回撩拨人的神经,让一场雨更增加了几许仪式感。这样的雨天里,我喜欢寻一处墙根儿,看一张旧了的蛛网,网上的那只蜘蛛,蜷缩着身子,如一位老者守护着老屋。这样的家园能守候多久,我不知道,蜘蛛恐怕也不知道。网破了又有什么关系呢?次日,蜘蛛又会重新结一张,在雨雾里,闪耀着新颖的光彩。

这样的雨天,更适合煮一壶老白茶,以一壶茶的方式来迎送时光,暖身,养心。和三五好友促膝而谈,打一会儿纸牌亦不算浪费时光。冬雨在一定程度上就是专门为人制造闲暇的,雨飘落下来,时光静谧,最宜畅聊,聊着聊着就饿了,红泥小火炉,能饮一杯无?不亦快哉。

初冬一到,去乡村,最能感知雨声里土壤的气息,也最能感知炊烟袅袅的意境。这时候的乡村是一幅水墨画,一派休养生息的祥和之气。依稀记得小时候,母亲常常会在这时候杀一只鸡,炖一锅好汤,一家人吃上两三天,肉食毕,用汤下面叶,也不失为另一种美味。这样的美味,可以抵御初来的冬凉。

是的,冬雨潇潇,这时候,人撑着伞,并不是怕雨打湿衣服,而是怕凉意袭来,透骨的凉呀。不找一些暖意怎么行呢?钻进长街,可以一天都不出来,一家馆子,一家书店,一条美食街,一条街区景观长廊,走进去,撑一把伞,既欣赏了雨中即景,又把初冬的寒巧妙地婉拒在三尺之外。如此来对待一场冬雨,和它保持适当的距离,也算是"相看两不厌"了吧。

十月里的声响

十月里的声响,被藏在树丛中偷偷啄一朵桂花的金雀唤醒。

河水空前澄澈,天空空前明亮,水这时候坦荡荡地裸露给你看。河,其实是在与天空竞赛,这个时候的天空多高远,那鸟雀也飞得出奇地高。天空的鸟与河底的鱼好似眷侣,原来都是暗恋,这时候,明亮亮地坦白给整个世界看。

不知道你是否认同我这个观点。啄木鸟啄开树皮的声音,其实也是一首有韵律的诗,当嘟——当嘟当嘟当嘟……频率之高,让人想起酒吧里 DJ 在打碟。

每年的这个季节,适逢玉米收获。大面积的玉米都已经成熟,掰下来,总有一些后进的玉米,也可能是发育迟缓,众玉米都已经老黄了牙齿,它还嫩着呢,撕开玉米衣,用指甲掐一下,汁水四溢。剥玉米的时候,母亲会特意会把这些嫩玉米拣出来,用井水洗净了,放在锅内煮,直到锅内咕嘟咕嘟乱响的时候,玉米的香气逃了出来,嗅上一嗅,那叫一个诱人。所以,时隔多年以后,我仍能忆起童年秋天的那些声响。

我似乎还能听见这个季节的镰刀声。这个季节的镰刀只收割两样事物，一样是故乡的月光，另一样是故乡的菊海。我记住的却是在月光下收割菊花的情境，那时候，我也就七八岁吧，到了菊花盛开的季节，数以万亩的菊花，连绵在一起，在秋风里，有着冲天香阵的意思。菊花真香，我贴近一朵菊花来嗅，甚至能把整瓣菊都嗅到自己的鼻腔内。菊花被连棵从根部割掉，镰刀霍霍，噌噌作响，秋天的月光多好呀！镰刀一边在收割菊花，一边把那晚的月色一并收获，难怪故乡的菊花药用、泡茶两样功效都极好。

在院子里，读一本书，书页翻开的沙沙声也最悦耳。这还不够，若是头顶偏巧是一棵银杏树，金黄一片，在秋风里，这些小东西打着旋儿落下来，偏巧又落到我的书上，这样小扇子一样的树叶，可以做书签，金黄、雅致，有整个秋天的气息。甚至可以在树叶上面写上一行字，夹在书里，贮存一段美好时光。银杏叶落在书页上的亲吻声，何其美妙！

这个季节读《帝京岁时纪胜》，读到其中所记述的小贩叫卖声，那市声真是动人："卖瓜子解闷声，卖江米白酒击冰盏声，卖桂花头油摇唤娇娘声……"贩夫走卒，洋洋洒洒，隔着书页，似乎可以想见市肆之上的挑担叫卖声的悠长，勾栏瓦舍里碰杯的酒香，以及酒撒了，落在桌上所溅出来的声响。

十月里，真好！是一个大声场。我们每个人都裹在其中，浸润在声音的诗词和唱和之中。

霜降，是乡村敷了粉

乡村也爱美，霜一落下，乡村即进入了敷粉的日子。春夏秋冬四季，好似对应一个人的童年、少年、青年、老年。霜降，是乡村从青年靠近老年的那段时光，这时候的乡村，也开始使用遮瑕霜了。

霜降以后的乡村，草木由葳蕤转向脉络毕现，却并不萧条。如果说乡村在霜降以前的节气，称之为"水膘"，这时候的乡村就是结结实实的肌肉；如果说乡村在霜降以前的节气，称之为"满脸胶原蛋白"，这时候的乡村就是清晰的线条和轮廓美。

总之，霜降之后的乡村，有着恰如其分的美，也是恰到好处的美。

"纵使相逢应不识，尘满面，鬓如霜""月落乌啼霜满天，江枫渔火对愁眠""鸳鸯瓦冷霜华重，翡翠衾寒谁与共"……唐诗宋词之中描写"霜"的句子不计其数，却大多数都消极阴郁，甚至能挤压出半斤愁苦的泪水来。这是人无端加之于霜的感情色彩，霜是冰清玉洁的，无力承载太多人为的情绪，难怪霜之晶莹，总是稍纵即逝。

霜一落，用井水来洗衣，已经冷了，边洗边朝着手掌吹热气，这时候，常见浣衣的女子端着木盆和棒槌，到村口的溪边去，河床裹挟着流水，有一种难能可贵的大地母体的温度，温温的，洗了一会儿，手就热了，开始冒热气。所以，这个时节，在溪边浣衣的女子也是一道风景。

有个词叫"霜冷长空"，再也没有任何一个时节，让人觉得天空是如此的静朗悠远。无边的霜天里，似乎要把许多振翅高飞的鸟雀都冻住，天地间都摁上暂停键。

想起刚上初中的时候，学校没有宿舍，家距离镇上的中学有十几里路，老早就要爬起来，天色未明，背着沉重的书包，骑着外公赠予的羊角把自行车到学校去。刚开始冷得发抖，后来蹬车久了，逐渐浑身有了热量，到了学校发现，羊角把的自行车上一层霜白，眉毛上也全是霜，进了教室，惹得同学们一阵笑。这些，都是霜带给回忆的印记和趣味。直至多年以后，念及此事，我仍觉得眉毛上还残留着当年的霜。

还记得祖母当年给我讲过的一个故事，她讲的故事关于我的六堂叔。六堂叔是个脸膛黝黑、人高马大的男子。殊不知他刚出生时却骨瘦如柴，还患有黄疸，那年月，患了黄疸，哪里有钱去治。六堂叔就在一个霜天清晨被亲生父母扔在路边的土桥上，哇哇直哭。二爷恰巧经过这里，瞧见了孩子，抱了回家，先是喂了盐水泡的馒头，后又熬了些中药，给孩子灌下，孩子竟然不嫌药苦，都喝了下去，病慢慢好转了。后来，人们都说，是六堂叔命大。六堂叔是霜降那天被捡到的，二爷上过几年私塾，为了给孩子祝福，特意取名"无双"，意思是，希望六堂叔今后的人生道路上再也没有严霜。六堂叔长到十八岁那年，他的亲生父母找来了，要领他回家。六堂叔哭闹着死活不肯走，他是憋着一股气，不愿相认。如今，六堂叔已年过不惑，承担着侍奉两对父母的重任，重担在肩，他的肩膀却愈加硬朗。

　　关于霜的故事实在太多。小小的一片片六棱的霜，稍纵即逝，却负载着诸多人生的际遇。有霜落下的乡村，曼妙也多了几许，它们的到来，给烟灰色的乡村和这人间都敷了粉。

雪一落，世界就是没有围墙的书房

一座城市，一个冬天一场雪不落，似乎就像是过了一个假的冬天；一个地区，一冬只落一场雪，总让人觉得吃饭没吃饱、喝茶喝半口、一本精彩小说只读到一半缺页了，意犹未尽。怎可在人意兴阑珊时戛然而止？

雪多半是裹挟着诗情来的。翻开中国文学史，有多少诗作因雪而生？把中国的诗词分十份，有三份几乎是雪催发的，若要加上雪下的梅花，甚至可以占据二分之一。难怪，从老人到孩子，见到雪落，都兴奋不已。

雪是用来打扮这个枯燥的世界的。你想呀，雪落之前的世界，即便有花朵，有绿叶，都难以让这个世界瞬间变个样子。可是，雪一落就不一样了，都用"满世界都是银装素裹"来形容雪后的景象。花开，可以用"满世界"这样的字眼吗？似乎不可以。人都是喜新厌旧的，雪就是为了满足人的猎奇欲，故而欲落还休，可以轻盈入怀，可以纷纷扬扬，或者干脆"大如席"，每一种状态，都给人不一样的感受，都赢得不一样的喝彩。

有一段时间，我格外爱看和雪相关的影视剧，甚至影视剧里有雪出现的镜头，我都深深着迷。比如《情书》里的雪，有融融的少女心和爱情的温暖。比如《闯关东》里铺天盖地的雪景，有山野间的豪情仗义，更有家国情怀的气息。《雪国列车》里的雪有很多科幻的效果，也有令人着急的紧迫感，那雪是一种可怕的冷……我有一段时间，甚至想做一名在林间的老猎户，满目风雪里，推开柴门，扛着猎枪，叼着烟嘴出发，猎狗开道，那叫一个帅气！

雪天是适合阅读的。室内的阅读，青灯黄卷，一炉暖意融融，茶香四溢，是经年的普洱，看书的间隙，雪透过窗格子溜进来，似乎是被人小声的诵读给吸引了。实在累了，推开窗子，凭栏看落雪，亦是大好景象。

在室内阅读，觉得局限了，索性披衫出门去——

雪一落，满世界都变成了没有围墙的书房。读寥廓霜天里的壮怀激烈，读冰封河流的暗流涌动，读玉树琼枝，读雁阵惊寒，读枝枝丫丫的粉妆玉砌，读"天地一笼统，井上黑窟窿；黑狗身上白，白狗身上肿"。在大自然的无字书上，人需要读取的东西还有太多，需要发掘的神秘宝藏永远超乎我们的想象。

里尔克在《冬日》里说："森林三百岁，只有雪是新的。"是的，雪总带给这个世界以新鲜和神奇，也把春的消息散播得满世界都是。大雪，是上苍垂青人间的慈爱目光吧，那么，即将拂面的东风，就是春天的气息了。

一树梅花数升酒

梅花,我小时候很晚才见到。一树蜡梅,蜡纸一样地开在枯枝上,远远就闻到了一股香气,后来学到"遥知不是雪,为有暗香来",瞬间想到当时的场景,不禁在心底赞叹古人的神奇之句,梅花确实是这样,未见其花,先闻其香。

一次,我走在故乡老街深处的一条巷子里,也是这样闻到梅花的香的。隔着花墙看一树梅枝,难窥全貌,不过瘾,便敲开那户人家的门说:"冒昧地问一下,我能不能看一下你家的梅……"主人喜笑颜开,把我们迎了进去。

这是一树红梅,异常娇艳可人。主人告诉我们,这树梅花,他足足养了十六年,每次梅花开的时候,他都要温一壶酒来喝。在这样的老街里,人也有古典韵致,知道"风送花香入酒卮"的意趣。

就连元稹也说"一树梅花数升酒",梅花开了,是要喝掉很多酒的。这是元稹写给白居易的。两人有着一样被贬的人生际遇,常常书信往来,可是,距离遥远,唯有以诗相唱和,或者借着一株梅花,举杯遥祝,什么挫折与不平,都在一杯酒里烟消云散。如此说,梅花下酒,写的是对故人的思念。

同样写思念的,还有一首和梅花相关,那就是王维写的《杂诗》:"君自故乡来,应知故乡事。来日绮窗前,寒梅著花未?"这首诗借着一树梅花,不知道潜藏了多少内容,岂能单纯地问梅花?长者的白发,爱人的牵挂,孩童是否长大……都被一树梅花给寄托和承载了。

我后来在同里古镇遇见一株梅花,淡墨色,和古建筑相互映衬,有着一种女人穿黑纱的美。这样的梅花是高冷的,一般人不敢亲近,反倒有一种遗世独立的孤傲感在里面。

古往今来,写梅花的诗句何其多!我们所见到的,未必是最传神的。自称"梅妻鹤子"的林逋写过一首《山园小梅》,人们似乎只记住了前面的两句"疏影横斜水清浅,暗香浮动月黄昏",实际上,后面紧跟着的两句更为传神,"霜禽欲下先偷眼,粉蝶如知合断魂"。何止是人,梅花的美,连动物都想看但不敢多看一眼,让人想起了多年前那个小品中的一句:"隔壁吴老二看我一眼就浑身发抖。"看梅花一眼会不会发抖,我想,也会。

写这段文字的时候,窗外落了雪,薄薄的一层。这个时候最宜观梅,当然,更应温酒,即便是喝不了数升,也要喝上一杯,不然,岂不辜负了这样美妙的梅花?

冬天，想起草药

我的祖父早年最常去的是四川成都一带。那时候，我才六七岁，常常见祖父从四川用大车运回来一整车扫帚、黑木耳、黄花菜等当地特产。按照祖父计算，每次都应该卖个好价钱，可是，次次都不如他愿，赔多挣少，最后，欠下一些债。不得已，祖父回到故乡，重操旧业，干起自己的赤脚医生。

祖父早年就熟读《神农本草经》，对中药材的药理了如指掌，四邻八舍谁有了个小病，喜欢找祖父来开上一剂药，到镇上的药店里抓了，吃上两三次，便很快痊愈。尽管病人对祖父非常信服，但祖父并不以为然，他认为自己对中医知识掌握得并不系统。所以，他把自己想当一名中医的愿望倾注给了父亲。

父亲是高二那年开始学的中医。那时候，高中基本上朝着职高的方向发展。父亲学习中医的方式很特别，一开始是自学，后来上了卫校，注重实习，边实习边摸索，边实习边跟老师请教。就这样，父亲在他三十几岁的时候拿到了全省的中医师资格。

这是父亲尤为骄傲的事情，那时候，整个市里仅有为数不多的人有这个证。父亲便开了一家诊所，因为资金较少，中西医结合来帮人看病。在我童年的印象里，前来看病的人络绎不绝。吃中药的则以年龄大的为主。后来，中药的门槛人口也逐渐老龄化，直至如今才逐渐改善这一现象。

我上小学的时候，父亲带着我去田里锄草，嘴里念叨着："这是青蒿，那是蒲公英，这是茵陈，那是苍耳子……它们都是药材。"父亲还说："有句古语叫'亳地无闲草'，意思是咱们亳州这地界，没有任何一种草不是药材，草尽其用。"

后来，家里打了药橱，每每放学一进家门，我总泡在药香里。一般用来形容一户人家学养深厚，称之为"书香世家"，我想，我家应该算得上是"药香世家"了。

父亲真正成为一名中医之后，祖父彻底卸下了心头的重担，专心种植药材。2002年的冬天，祖父用一辆板车拉车荆芥到中药材交易市场来销售，途中，心脏病发作，倒在了半途中。他是在一片药香里故去的。这件事，也成为父亲的遗憾。即使家里开着药铺，也没能及时救治祖父的病，父亲哭红了眼睛。

从那以后，每到冬天，父亲的心情就不太好，他俯身在一片药香中，考过了中药师、全科医师、执业中医师，如今在我所在城市最大的一家百年老字号药店坐诊。他说，自己这辈子都在和草药打交道，这样，心里才格外安稳。

是的，草木一样的五谷维系了人的生命，人亲近草木，其实，就是在亲近生命。我也在冬天写下如上文字，权做一种对祖辈草木缘的记录。

且煮明月待来年

这一年的最后一天，我值班。在办公室里看着朝阳升起来，再望着夕阳落下去，一年就这样过去了。望着办公室里陪着自己的花花草草，岁朝清供，真希望自己是眼前那一瓶芍药永生花，永远那样容颜俏丽，颜色不改。然而，任何人也逃不过时光的倾轧，该留痕的终究会留痕，我们能做的是，把这些痕迹变成花纹。

一位朋友选择在今年的最后一天去旅行。在南方的古镇里，选择听一场刘若英的演唱会；在小桥流水之侧，泡一壶好茶，慢慢观赏来往的人群，让喜悦的市声灌满耳鼓。他说，这样的话，满世界都是悦耳的声响。在这样悦耳的声响里，旅途的新奇和快意会让自己忘记，新的一年已然到来。醒来，推开窗子，水街之上，船桨欸乃，卖江米糕的阿婆又在兜售新年第一篮米糕，那叫卖声着实讨喜：米糕、米糕，新年步步高……

写诗的郭老大过新年的方式简直令人匪夷所思。他会选择温二斤黄酒，一包花生米，半份酱猪手，边吃边写诗，直到醉意阑珊，诗也写得差不多了。酒呢，罐中也所剩不多。沉沉睡去，一觉醒来，拿起昨天的诗稿，有神来之笔，喜悦得手舞足蹈。郭老大说，这样跨年，感觉两个年份都是被诗意和醉意浸润流淌而过的。

我还认识宜兴一位做紫砂壶的工艺美术大师。他过新年的方式更为精妙。在12月31日这天做好一批壶样，在当晚放到电炉里来烧制，定时烧制好，第二天即新年第一天打开炉子来看，这样的新鲜感、新奇感以及裹挟着浓重的仪式感，真让人羡慕。他说，很奇怪的是，新年做出来的壶，成功率极高，基本上没有烧坏的，也许是借了新年的福气了吧。

把年华当成一件艺术品、一首诗、一段音律来打造，来欣赏，来聆听，这种做法真是新奇到闻所未闻。

这不禁让我想起数百年前的一位宋代人。别人都在新年这一天拿出家里最好的酒肴享用，他没有什么可以吃，就从鸡窝里掏了一只鸡蛋出来，用砂锅煮开水，然后把鸡蛋打入沸水里。荷包蛋进入沸水的瞬间，恰似天心一轮明月，他自嘲曰："且煮明月待新年。"宋朝毕竟是宋朝，穷也穷得这般雅致。